AF879515

JAVIER LENTINO

Nació en Buenos Aires, en 1969. Desde el 2002 vive en Estados Unidos. En 2020 publicó su primera novela, *Los Onetti*. Sus cuentos aparecen en las antologías *Don't Cry for me, América* y *Home in Florida: Latinx Writers and the Literature of Uprootedness*. Por amor al arte mantiene el podcast Estoriteler, y una web de cuentos, crónicas y relatos.

HIJAS DE FLORESTA

Javier Lentino

HIJAS DE FLORESTA

MILENA CASEROLA

JAVIER LENTINO
HIJAS DE FLORESTA
1° ed. – Buenos Aires: Milena Caserola, 2025
11 x 17,5 cm. 209 p.

1. Narrativa

Contacto con el autor: jlentino@gmail.com

Contacto con la editorial:
www.milenacaserola.com

Diseño de tapa: Mariana Alen / info@malen.me

Maqueta de interior: Matías Reck

Edición: Flor Monfort

para Martina, Clara y Felipe

1.

Sábado 19 de diciembre de 1987

—Molina, ¿está listo? -la puerta se abrió de golpe y así quedó, de par en par. Era un tipo flaco peinado con agua para el costado, la camisa gris abrochada hasta arriba y una cruz de plata colgada en el medio del pecho. —Nos acaban de avisar que la novia ya salió para acá.

Me habían metido en un cuarto sin ventanas; en una sala de espera pegada al altar. Las paredes celestes brillaban con la luz de tubo y un ventilador Yelmo, de esos de piso, zumbaba de a ratos en un rincón. Una señora había dejado una jarra de agua con tres vasos en la mesa ratona; ahí ya estaba un bol lleno de caramelos viejos. Un modular de fórmica color madera juntaba polvo del otro lado del cuarto, tenía un espejo colgado arriba. Sobre el mueble, un cenicero ámbar de vidrio, una banderita argentina, otra del Vaticano y, apiladas así nomás a un costado, las revistas semanales del colegio de monjas de la parroquia.

Esperaba en camisa, arremangado hasta los codos para transpirar lo menos posible, el saco azul doblado sobre el sillón de cuerina. Metida en un bolsillo, la corbata del mismo color que Fede había elegido esa semana.

Habíamos llegado a la iglesia hacía rato, juntos en el auto que era de mi papá. Fede andaba saludando a la gente, yo cami-naba en círculos mirando el reloj cada tanto y con un cigarrillo apagado en la boca. —Si va a fumar es ahora -el flaco me acercó un encendedor de esos de bencina y puso cara de canchero cuando lo cerró con la misma mano en un solo movimiento.

—¿Y su hermano?

—Mi primo. Ya salió.

—Bueno prepárese. Vuelvo a buscarlo ni bien llegue el auto.

Con el portazo busqué la corbata y encaré el espejo. Como me había enseñado mi viejo en la secundaria, me la colgué por atrás del cuello levantado en un solo movimiento y dejé el lado derecho más largo que el otro. Con cuidado pasé la parte más ancha sobre la más finita, después crucé por atrás, por arriba. Sostuve el nudo nuevo que se armaba con tres dedos y tiré con la otra mano para ajustar. Largué el humo con bronca y la ceniza cayó flotando hasta pulverizarse en el piso de granito. Treinta y cinco años y todavía no me salía.

Al costado de mi reflejo encontré una cruz en la pared. "Ayudame", le dije bajito y me quedé mirando a Jesús. Nunca fui de rezar, ni de pedirle cosas a Dios. Antes en casa éramos más creyentes. Hasta el día que mi mamá se enfermó, los tres éramos católicos. Y a pesar de todos los cuentos del cielo que mi viejo me contaba en la cama, de lo buena que es la Virgen y de todo eso lindo que se les dice a los chicos cuando alguien se muere, anduve enojado mucho tiempo; enojado con Dios por dejarme sin mamá.

La corbata quedó más o menos bien en el segundo intento y así la dejé. Afuera subía el murmullo. "Uno, dos", probaron un micrófono. Acomodé el ventilador para mi lado para que me diera el viento, no podía más de calor.

A las ocho y veinte abrí la puerta apenas, me quedé medio escondido atrás de un arreglo de palmas. Las puertas dobles de la iglesia ya esperaban abiertas. Los bancos estaban llenos, los jazmines nuevos atados con una cinta blanca del lado del pasillo central. Mucha gente parada en los costados, atrás, por todos lados.

—¡Martín! –dijo mi tía en la primera fila y todos miraron. Levanté la mano, algunos me saludaron.

—¡Viva el novio! –gritaron por ahí y hasta aplaudieron. El piano ensayaba las estrofas de una canción que yo no había elegido cuando volví a cerrar la puerta. Todo estaba perfecto. Tal cual lo habíamos planeado.

2.

1 de marzo de 1987

Nueve meses atrás me iba de casa, la mochila en el asiento del acompañante y Julio Iglesias sonando fuerte en el estéreo. Me temblaban las manos y casi no podía pasar los cambios; me acuerdo patente porque Julio cantaba "Que nadie sepa mi sufrir", y yo no podía parar de llorar.

—Te adoro Martín, te juro que te adoro, pero esto así no da para más -me había dicho Mora dos horas antes. Yo estaba sentado en el living y ella caminaba sin parar alrededor de los si-llones con un sobre color madera en la mano. Ya no tenía ganas de nada, ni de contestar siquiera. Hacía varios meses que todo se había vuelto eso, nada. —No me banco más tu pasividad, querido. Vivís en punto muerto. ¿Te da lo mismo quedarte que irte? ¿De verdad? –evadido, trazaba los dibujos de la alfombra del living con la zapatilla, levanté la vista apenas porque la tenía justo enfrente. —Mandame a la mierda, enojate, no sé. ¡Rompé algo! -Mora no podía parar de gritar y agitaba el sobre en el aire —¿No me vas a preguntar qué dicen estos papeles? Martín, por Dios, mirame cuando te hablo.

No quería preguntarle nada, era obvio que los papeles que metía en la mochila eran del divorcio, hasta el sello de un estudio de abogados tenía el sobre. Dejé mis llaves en la mesa del comedor, también el control remoto del garage. Mora no me acompañó hasta la puerta, ni siquiera me saludó antes de encerrarse en el cuarto. Antes de irme paré a mirar la casa desde la puerta por última vez. Las cortinas del living volaban apenas, siempre abríamos las ventanas del balcón en el verano, sobre todo de noche. Parecía una revista de decoración de esas madrileñas, o el departamento de alguien más grande. Las luces eternamente tenues le daban a todo un aire sofisticado. Los sillones blancos, los almohadones ordenados, las sillas modernas del comedor. La mucama había limpiado el piso de madera y los jazmines de Mora ya estaban en un florero; una docena, ni uno más. Me había acostumbrado a ese orden y hasta creo que me gustaba. Los adornos que había elegido, los cuadros, el bar con las botellas que no tomábamos, la foto nuestra en blanco y negro. Nunca un buzo tirado, la cartera fuera de lugar, ni siquiera un libro con un señalador en el sofá para leer. No teníamos imanes en la heladera de la cocina, vasos medio vacíos, ni repasadores húmedos. Creo que esa noche la FM estaba prendida; siempre esa música de mierda llenando el silencio. Todo estaba perfecto y en su lugar, ni la pelea había quedado desordenada. Qué paradoja, pensé, lo único que era mío eran los recuerdos.

Quince años vivimos juntos en ese departamento. Era de Mora, de su papá en realidad. Austria y Libertador; un edificio moderno de ladrillos a la vista que todavía está ahí, justo en la esquina. "Semipiso, tres dormitorios con dependencias de servicio y dos cocheras", decía el aviso cuando me llevó a verlo. El balcón miraba a la plaza que ocupa toda la manzana y que llega hasta Figueroa Alcorta. Desde el piso doce se veía la Facultad de Derecho, un poco del río al fondo. A la derecha, de frente también, el museo de Bellas Artes y desde la ventana de la cocina la barranca y el jardín de la Biblioteca Nacional. La vida que Mora quería, la que tenía desde que era chiquita, la misma que sostenía con su sueldo de hija y que no quería resignar.

Mora era mi novia del colegio. Aprendimos con el amor de chicos, el que se contaba de a meses y nos hacía compartir el chicle. Ese mismo que te vuela la cabeza de un día para el otro, o te deja llorando tres semanas seguidas. Empezamos cuando ella estaba en cuarto año y yo por terminar; nos peleamos y nos juntamos tantas veces que me costaba llevar la cuenta. En el verano del setenta la pasé a buscar por su casa una tarde. Salió apurada, divertida, saludando a su mamá con un solero de lino turquesa y el pelo recogido alto; tenía diecinueve recién cumplidos. Fue la primera vez en su vida que pisó un telo.

Brindamos mucho esa tarde, nos prometimos lealtad, juramos borrachos cien veces con dos botellas contrabandeadas que habíamos escondido en un bolso.

Nueve semanas después lloramos juntos con el resultado del test. Yo quería casarme, Mora tardó una semana en decidir qué hacer. Fuimos a su casa un lunes ya entrada la tarde, Tito había llegado recién de trabajar y estaba sentado en un sillón del living fumando, un cenicero de esos pesados de vidrio sobre su rodilla; pasaba las páginas de una Playboy como si fuera la revista Gente.

—Papá necesitamos hablar con vos, -dijo Mora levantando su voz por sobre la música.

—Se te ve todo el culo Morita, ¿así saliste a la calle?

Quiso contestar, le salió una mueca rara. Se acomodó el pelo atrás de una oreja, tosió y con su mano tiró de la mía. Nos sentamos al mismo tiempo frente a él, los dos bien pegados en el centro del sofá.

—A ver ¿qué pasa? Rápido que en un rato viene Roberto a ver el partido. Ya les aviso desde ahora, que si es para irse solos de veraneo como me propusieron el año pasado, la respuesta es no, ni en pedo.

Mora tenía la vista clavada en sus rodillas, se rascaba los muslos bronceados sin parar. Las uñas cortitas azules, cachadas y despintadas por todos lados le dejaban rayas blancas en la piel.

—Decile vos…

—Nos queremos casar, señor López -dije sin mucha convicción.

Tito se tentó y el humo salió de su boca desprolijo.

—Señor Lopez me dice el pelotudo. ¿Se quieren casar para irse de vacaciones juntos? Me están jodiendo ¿no?

—Martín tiene veinte, veintiuno cumple en un mes. Hace tres años que estamos juntos, papá -Mora quería sonar convincente, pero no podía levantar la vista del piso. —Tiene la bicicletería que heredó de su papá y una casa propia. Vive solo en el departamento de arriba de la…

—Claro, ustedes le dicen casa a una pieza con baño arriba de un negocio… Y decime una cosa Martincito: la fiesta que yo tengo que hacer ¿quién la paga? ¿vos?

—Pensábamos, por ahora, solo una reunión íntima después del civil. La fiesta más adelante.

Me dijo algo de sus compromisos comerciales, de los miles de dólares que yo no tenía, preguntas y más preguntas difíciles, imposibles de contestar. Me cargaba sin dejar de fumar, se reía solo y a mí las manos me transpiraban, me dolía la panza. Hasta que Mora no pudo más y le dijo que estaba embarazada.

Se le transformó la cara de repente. Aplastó lo que le quedaba del cigarrillo y se paró de golpe, el cenicero bien apretado en su mano derecha. A los gritos me insultaba pero no lograba entender del todo qué decía, me zumbaban los oídos del miedo. Mora también se había parado, lloraba sin consuelo, sentado desde mi lugar veía cómo se le mojaba la cara y los mocos le inundaban la nariz chiquita.

En medio del griterío alcancé a ver cómo Tito estiraba su brazo para tomar todo el envión posible. Después el vuelo libre del cenicero de cristal, brillando al girar sobre sí mismo bajo las luces del living. Como una nave traslúcida en un set de ciencia ficción, cruzó la mesa ratona en línea recta; lo vi venir en cámara lenta y, por instinto, corrí justo la cara. Me hubiese pegado de lleno en la cabeza, en la frente. Sentí el impacto en la pared de atrás, la explosión de vidrios que repiqueteaba en el piso de cerámica. No hubo tiempo para nada. Tito seguía gritando, Mora lloraba y yo me fui, me escapé a mi casa.

A las tres semanas nos mudamos al departamento de Austria, con una libreta roja recién firmada y una cuna pintada de blanco en el cuarto chiquito.

Los esperé con mis cosas en la vereda, el Peugeot 504 de mi suegro estacionó en la ochava. Tito la ayudó a su mujer con la puerta y Mabel me dio un beso al bajar. Después hizo lo mismo con Mora, como si él fuera su marido. —Vos quietita, mi vida. No hagas nada, nosotros cargamos todo, mamá se queda con vos. Martincito, ayudame con las valijas - me dijo.

Cuando estuvimos ocultos por la tapa del baúl me agarró fuerte de la nuca con toda la mano. —Cuidala bien, pendejo. Mirá que tuviste suerte con el cenicero -Sus ojos azules se clavaron en los míos. —Que te quede bien claro: te quedás acá, jugando a la familia, porque Mora me lo pide.

Me temblaban las manos cuando dejé las valijas en la vereda. Tito se despidió de su hija con un beso, la abrazó un rato y le dijo que la quería. A mi me dio la mano. —Martincito -dijo alto para que lo escucharan. —Ahora somos todos de la misma familia.

Diez días después desayunábamos en la cocina, la ventana abierta, el sol de lleno en el piso del balcón. Hablábamos de todo, imaginando el futuro. Mora dejó el café y me dijo que se sentía mal; un hilo de sangre le corría por la pierna derecha.

3.

Lunes 5 de octubre de 1987

Recién separado me refugié en mi departamento de antes, justo arriba de la bicicletería. Estaba como siempre: mis libros, las fotos, los muebles de mis viejos. Lo había mantenido así, intacto. Muchas veces la guita me hubiera venido bien, pero nunca quise alquilarlo; era mi casa, mi única casa. El departamento de dos cuartos era una extensión de la bicicletería; se comunicaba con el local por una escalera que bajaba directo a la oficina.

Fue difícil volver, no estaba acostumbrado a estar solo. Me propuse levantar las persianas cada mañana, abrir las cortinas para que el sol amortigüara la soledad. Fueron siete meses complicados: tomaba todos los días, dormía con locas. Salí con una mina de mi edad, después con la hija. Un fin de semana me fui al mar con una señora con guita, y anduve un tiempo con una mina que vivía a la vuelta; pero le gustaba tanto la joda que me asusté. Y por ese mismo miedo me operé los primeros días de mayo; lo único que me faltaba era tener un hijo con una reventada.

Soñaba siempre el mismo sueño: Mora y el hijo de puta de mi suegro, sentados en la cocina de casa. "Tenías razón, papá", le decía y revolvía el café. "Por suerte Dios me hizo perder esos tres embarazos". "Por suerte, Morita, por suerte." Brindaban con las tazas y se reían cada vez más, hasta que por fin me despertaba.

4.

Martes 13 de octubre de 1987

Un día que no buscaba nada, me quedé tildado con una mina en la cola del banco. Estaba parada justo atrás mío y la música de su *walkman* se escuchaba a pesar de los auriculares. Se hamacaba sin querer, ajena a su sensualidad, tarareando estrofas en silencio. Tenía una campera enorme, verde militar de aviador, se la había arremangado hasta los codos. Colgada de un hombro, una mochila con el cierre medio abierto. La re- mera corta, ni suelta, ni apretada, con algo escrito que no pude leer, los jeans gastados, rotos y unas Converse negras.

La sucursal del Banco Nación de mi barrio no es muy grande. Es un local moderno que queda sobre Rivadavia, a cuatro cuadras de la bicicletería. Si no tuviera el cartel azul de punta a punta, bien podría ser una agencia de viajes, una farmacia, hasta un súper de los nuevos. Es todo de vidrio, de piso a techo, y las luces halógenas barren las paredes de cemento, levantan brillo en el piso nuevo, blanco y sin juntas.

Me acuerdo que esa mañana no andaba la calefacción y la llovizna laceraba desde el día anterior. Las nubes bajas se apretaban contra el asfalto, los autos pasaban con las luces encendidas y el spray sucio que levantaban se mezclaba con el olor a gasoil de los colectivos.

La gente esquivaba baldosas flojas y sacudía el paraguas antes de entrar. La bisagra de la puerta de blíndex se quejaba, sufría con cada vaivén; el vidrio acumulaba huellas digitales, las líneas de vida de cada palma de cientos de manos.

La chica me golpeó sin querer al buscar algo en la mochila, me llamó la atención un pañuelo: una bandana negra atada alrededor de su muñeca izquierda.

Le pregunté si se había lastimado porque fue lo primero que se me ocurrió. Entrecerró los ojos, sonrió y se acercó para escuchar bien lo que le decía.

—Que si te lastimaste -le dije y señalé el pañuelo retorcido.

—Ah, no. Lo uso así -paró la música, buscando en el bolsillo y se colgó los auriculares del cuello. —¿No te gusta?

Sacudí la cabeza y torcí la boca para no decirle que no del todo.

—Tiene perfume, -dijo para convencerme y levantó su brazo para que lo pudiera oler. —Me sirve en el bondi -agitó su mano como un abanico delante de su nariz fruncida. —Y en la facu cuando me pongo nerviosa: con los auriculares, el perfume y los ojos cerrados estás en otro planeta. Deberías probar…

—¿Querés pasar primero? Tengo un montón de cheques para depositar, la boleta de la luz, la del gas.

—Qué divino. Es un segundo lo mío: necesito doscientos australes y el cajero de afuera no anda.

—Con tantos cheques para depositar estarás lleno de guita, -me dijo ni bien pisé la vereda. Estaba apoyada contra la pared, se recogía el pelo con las dos manos, el elástico apretado entre los labios.

—¿Sabías que en este país todos los bicicleteros somos millonarios? La camioneta esa que ves ahí, es mía. La tengo toda rota para despistar, para que no me secuestren. ¿Vos qué hacés?

—Soy maestra jardinera -tiró un poco más de la tela a cuadritos que asomaba por su mochila para mostrarme el delantal. Mora siempre decía que las maestras jardineras eran todas burras. Ella era escribana pero no había laburado en su vida.

—¿No ibas a la facultad?

—También, de noche, me falta un año de psicología.

—Mi ex siempre decía que ustedes, las maestras de jardín, son el eslabón más importante en la educación.

—Qué genia tu ex, no es normal que la gente piense así. ¿Estás separado?

—Divorciado.

—¿Te dejó o la dejaste? -levantó las cejas y se rió de su ingenuidad. —Qué me importa, perdoname. -Se reía fácil, lindo. No como esas estúpidas que te festejan cualquier chiste. Quizás solo era feliz. Hacía tanto que no me encontraba con alguien así. Feliz, sin mucha vuelta.

—¿Tenés novio?

—Qué pregunta personal. ¿Vos qué pensás?

—Me tiene confundido esa campera.

Se puso colorada de repente. —Era de un novio que tuve, se la robé por hijo de puta.

—Me puse nervioso, la verdad. Apenas te pregunté, pensé en que no tendrías padre.

—Se murió mi viejo… No, mentira. Nos dejó cuando tenía cinco, no volvió nunca más.

—Mejor que se hubiese muerto. ¿Tenés algo que hacer hoy a la noche? Te invito a cenar.

—A cenar, ¿así de una? Yo encantada. Pero si es para conocernos, mejor tomemos algo. Si sos un plomo, o no te gusto, nos vamos uno para cada lado y listo. Nos sale más ba- rato. Si estamos entretenidos seguimos.

—Yo te invito aunque te aburras. No me dijiste cómo te llamabas. Yo soy Martín.

—Fabiana -me dio la mano fuerte y se sopló el pelo que le caía en la cara.

La pasé a buscar como a las nueve. Tomamos dos, tres, cinco cervezas en una pizzería. Cuando me quise acordar eran las once y estábamos apretando en la camioneta.

Me invitó a dormir a un departamento que tenía en el fondo de la casa de su mamá. —Mi vieja vive sola acá adelante. Es mejor. Estamos separadas pero en la misma casa, por cualquier cosa. Si no peleamos mucho. Igual, nos vemos un montón. Algunos días cenamos juntas, a veces la ayudo a corregir.

—¿Es maestra?

—Profesora de matemáticas. Trabajamos juntas en la 24, acá nomás. Compartimos casi todo. Todo menos tipos y ropa. Lo de los tipos es por código ¿viste? Muchas veces yo salí con pibes más grandes, como vos, y ella parece bastante más joven de lo que es. Hace tiempo que está de novia con un señor.

Fabiana tenía poco menos de treinta, el pelo largo, no muy oscuro. Los ojos gigantes y la cara llena de pecas. Su cuarto estaba parado en el tiempo. Discos por todos lados, trofeos del colegio, muñecos, y un póster gigante de Serú Girán pegado en la puerta.

—¿Te gusta Charly? -me dijo al ver que miraba la foto, después hizo un globo gigante con el chicle.

—Más o menos, no escuché tanto. –Fabiana revolvía una caja llena de cassettes y no encontraba lo que buscaba. —Para mí no hay nadie como Julio Iglesias.

Rompió en una carcajada y el globo del chicle se le reventó en la cara. —¿Me estás jodiendo? -

se reía tanto que no podía despegarse el chicle de los cachetes.

—Nadie se da cuenta, pero Julio es un guía espiritual. Siempre fue un faro para mí.

—¡Ah bueno! A vos mucho no te ayudó -se paró desnuda y buscó ella misma en la caja.

—Tomá, este.

—¿Quién es?

—Lerner.

—No lo conozco.

—Alejandro Lerner ¿No lo conocés? No sé si voy a poder con vos.

Se me tiró encima y ahí se quedó; este Lerner cantaba "por un segundo de amor, entrego toda mi alma". La verdad, no sé si pude entregar tanto, pero hubo que dar vuelta el cassette dos veces. Recién clareaba cuando me desperté. Fabiana dormía destapada. Nunca había visto una panza tan perfecta en mi vida, mucho menos una con pecas. Me abrazaba sin querer, con el brazo del pañuelo lleno de pulseras tejidas.

—Quedate a desayunar -me dijo después de la segunda canción de la radio. Tenía cara de nena y era mucho más linda sin tanta pintura. —Lita prepara café con leche; se levanta temprano para comprar medialunas. Quedate, dale.

Cruzamos el patio chiquito y entramos a la casa por la cocina.

—Fabi ¿sos vos? Vení que hay alguien que te quiere saludar.

—Es el novio de mi mama -me susurró divertida. Volvimos al patio por un momento, entornó la puerta para que no la escucharan. —Es un viejo viudo que está muy solo. Te va a encantar. Tiene un hijo, pero vive en Europa. Están de novios hace como tres años, dice que se van a casar.

Entré al comedor atrás de Fabiana, murmuré un "buenos días" sin demasiada convicción.

Ahí estaba Lita, la madre de Fabiana, desayunando con el padre de Mora. Tito se paró de espaldas a mí, distraído al girar para verme, la sonrisa de oreja a oreja.

—Hola Tito -dijo Fabiana y le dio un beso. Te presento a mi amigo.

Se puso blanco y me tendió la mano porque no le quedaba más remedio. Peleaba fuerte por mantener la calma, su sonrisa falsa de siempre petrificada en su cara. Me miró fijo, queriendo hablar con sus ojos, suplicando por mi silencio.

—Qué tal querido… encantado, -dijo por fin.
—Alberto López Audet. Tito, me dicen Tito.

—Encantado señor -le dije sonriendo y apretando el saludo un poco más de la cuenta.

—Martín Molina. Pero dígame Martincito, todos mis amigos siempre me dicen así.

5.

Miércoles 14 de octubre de 1987

Ni bien salí de la casa de Fabiana, el viento me golpeó de lleno en el pecho. Odiaba las nubes, la llovizna, el frío que no terminaba de irse. Subí a la camioneta empapada, frotándome las manos, esperando por el aire caliente de la calefacción. No me reconocí en el espejo retrovisor, se me había escurrido la angustia de repente.

Elegí pensar que era por la noche que había pasado, por haberme animado a una historia nueva, pero la euforia venía por otro lado. Lo mio con Mora estaba igual, estancado en el mismo lugar; lo de Tito podía cambiar todo.

Difícil amigarme con la idea de un chantaje; de solo imaginar las consecuencias se me anudó el estómago. Me sentí tibio ante mi propia imposibilidad. Tenía todo para usarlo a voluntad, exigirle que me ayude con Mora, limpiar la imagen de mierda que me había fabricado. Pero el miedo me dejaba en punto muerto.

Por inercia empujé el cassette que estaba listo en el estéreo y "Soy un truhán, soy un señor" sonó acolchonado en los parlantes cansados de la Fiat Multicarga. ¡Cuánto más fácil era ser Julio Iglesias que Martín Molina! El tipo volaba en jet privado, se iba de joda con las trillizas de oro. Yo no daba a basto con una relación rota, y otra que todavía no había empezado.

Cerré los ojos en un semáforo y me quedé dormido por un momento. No podía más: la noche con Fabiana, los nervios del desayuno, la subida de entusiasmo; dos horas de siesta me hubieran venido bien, pero tenía que trabajar.

Había salido el sol cuando dejé la camioneta arriba de la vereda, serían como las once. El Negro ya desplegaba los toldos verdes para cuidar la pintura de la bicis que acomodábamos cerca de las vidrieras.

—Te fui a buscar arriba, ¿dónde andabas? -el Negro le daba a la manivela con una mano, en la otra tenía un café.

—¿Hay medialunas?

—Quedó una sola, me comí cinco al hilo. Tenés la misma ropa que ayer. ¿De dónde venís?

Sonó la campana cuando empujé la puerta doble y me acordé de mi viejo. Lo extrañaba bastante y su consejo me hubiera venido bien. La bicicletería igual me dio remanso. El orden meticuloso, el olor a caucho, a café recién hecho, el brillo de los cromados, de las bicis nuevas.

—Che, Molina... ¿Me escuchás? ¿Estuviste otra vez en lo de Mora?

Le tocaba el timbre muchas veces, le decía que extrañaba mi casa; yo solo quería estar cerca, asegurarme de que estuviese sola. —Me quedé a dormir en la casa de una mina.

—¡Bien! ¿De dónde la sacaste?

—Me la levanté en la cola del banco. No vas a poder creer lo que me pasó.

Cuanto más le explicaba, más contento se ponía —¡Genial! No se puede creer -El Negro no podía salir de su asombro. —Y la piba ¿qué tal?

—Divina. Es maestra jardinera de la 24, ¿la que queda atrás de la cancha de Ferro? Dice que la madre trabaja ahí también.

—¿Es maestra jardinera la vieja?

—Profesora de matemática. Ojo que Lita está bastante buena.

—Ya le decimos Lita, ¿en una noche? Hay que cagarle la vida al hijo de puta de tu suegro. Armemos una estrategia.

—Bueno... cagarle la vida no sé si quiero.

—Sí querés, Martín. No podés ser bueno toda la vida, no podés dejar que te pisen la cabeza y quedarte en el molde. ¡Ya de tan bueno sos boludo!

Me serví un poco más de café y me terminé la medialuna de un bocado.

—Para empezar esa ropa no va más –siguió El Negro y me señaló de arriba abajo.

—A Fabiana me la levanté así.

—Estaría caliente. ¿Ya te pusiste de novio?

—Dale, Negro… en serio.

—Esta vez nos hubiese servido… Quiero que te pongas de novio. Una propuesta formal. Decile:

“¿querés ser mi novia? La invitás a cenar, le comprás flores, le hacés todo el piripipí.

—Quedamos en salir el sábado a la tarde.

—¿A la tarde?

—¿Qué tiene?

—¿La vas a llevar a tomar un helado? ¿Le vas a pedir que pegue la cucharita en la agenda?, ¿que escriba Martín con bri- llantina? Dale, dejate de joder, vos y yo sabemos que Mora no tiene la culpa de todo. Andá a tomar algo a un lugar lindo. Vestite bien, ¿tenés perfume?

—Claro que tengo, forro.

—Usalo, entonces. Sos un lindo pibe. ¿Te miraste? ¡Sabés lo que yo hubiera hecho con esos ojos azules! Lo único que quiero, ahora, es que te ocupes de esta Fabiana. De tu suegro me encargo yo.

—¿Y qué vas a hacer?

—No sé, algo se me va a ocurrir. De la ropa vamos a hablar con Fede.

—No, Fede, no.

—Sí, Fede sí. Quiero que te cambie todo, total guita te sobra. Y que te lleve al gimnasio, que te saque a correr. Estás medio gordo, esa panza no va más; todo el día comiendo mierda -tomó café y se quedó pensando. —Y basta con Julio Iglesias. Basta, por el amor de dios. De verdad.

Iba a decirle que eso no se negociaba, pero sonó la campana otra vez. Juntos, nos acercamos a la ventana de la cocina que teníamos para espiar. Era Tito.

Me buscaba mirando para todos lados, impecable y bronceado. Caminaba el local de punta a punta, revisando los precios de las bicis importadas. El pelo blanco peinado para atrás, las mangas arremangadas del suéter, un reloj chiquito. El cuello de la camisa blanca levantado, casi sin querer, como si se lo hubiese olvidado.

—Mejor andá vos -le dije al Negro.

—Ah, ¿qué haces? Tito López Audet, el suegro de Martín ¿Le avisás que estoy acá? -dijo eso y se quedó mirando una bici de carrera. El Negro ahí parado, a cuarenta centímetros. Tito tenía la perversa costumbre de ningunear a aquellos a los que consideraba inferiores. Había venido a la bicicletería mil veces, lo conocía al Negro de memoria, pero se presentaba cada vez que lo veía como si fuese la primera.

—Ex suegro, querrá decir.

—Es lo mismo. ¿Está o no?

Lo quise dejar esperando un rato, pero yo estaba mucho más nervioso que él.

—¡Martincito! -se le dibujó la sonrisa de repente. —Qué lindo boliche éste, la verdad. Por suerte todavía tenemos gente que mantiene las tradiciones, estos locales antiguos tienen que quedar así, como eran. Lo que son las casualidades, mi querido. Ahora le voy a tener que contar a Morita que te andás revolcando por ahí.

El Negro se acercó para escuchar, simulaba revisar el aire de las bicicletas de exposición.

—Quédese tranquilo, Tito. Yo no digo nada.

—Ni se te ocurra porque te piso con el auto -se acercó rápido, el ceño fruncido, las manos fuera de los bolsillos.

Me quedé ahí, inmóvil, mirando el piso como tantas otras veces.

—Mire Tito -dijo El Negro levantando la voz desde lejos. —¿Por qué no vamos bajando un poco el tonito? Me parece que usted es el único que tiene mucho para perder. Así que, mejor que se vaya tranquilizando ¿Qué le parece?

Tomó un poco más del café que traía de la cocina y siguió. —Todos sabemos bien que mi amigo está muerto con su hija. Quiere volver a vivir con ella; usted ya sabe que la sigue queriendo como el primer día. Le recomiendo que lo ayude, que no se haga el loquito. No vaya a ser cosa que Martín le cuente a su novia, a su mujer, a Morita y se le destruyan las dos familias de golpe.

—¿Y yo por qué lo voy ayudar? Sabés las veces que se me armó quilombo con mi mujer, ¿me voy a asustar con dos bicicleteros? ¿A los 64 años? ¿Con este cagón que no puede ni hablar?

Escondí las manos en los bolsillos porque me temblaban. El Negro se acercó un poco más y pasó su brazo por sobre mi hombro.

—Quizás Martín no se anime -me golpeó apenas el pecho con su mano libre. No porque no tenga los huevos, sino porque es una buena persona. ¿Le cuento una cosa? Que quede entre nosotros, López -se acercó de golpe y se lo dijo en la cara. —Yo sí me animo. Salgo ahora y le cuento a todo el mundo. Le mando cartas a sus clientes y hoy a la tarde, con un megáfono, me paro en la puerta de su casa hasta que salga Mabel. Una cosa más: si le vuelve a decir cagón a mi amigo, si se vuelve a hacer el guapo, le rompo la cabeza.

A pesar del tono, El Negro no perdía la línea.

—Estoy temblando, mirame cómo tiemblo.

—Yo le aviso, para que lo tenga presente nada más. ¿Usted sabía que mi mamá es maestra?

—A mí qué carajo me importa.

—Puede que sea otra coincidencia, una casualidad galáctica ¿A qué no sabe donde trabaja mi mamá? No lo va a poder creer, es de locos. Con su novia, con Fabiana, en la misma escuela, si hasta yo las conozco. ¿La llamo a mi vieja ahora? ¿Le pido que le cuente?

—¿Vos te pensás que yo soy boludo? ¿Qué me voy a comer ese verso? Eso te lo acaba de contar este pelotudo: "me cogí una maestra jardinera, la madre es profesora... ¿A ver? ¿En qué colegio trabaja Lita?

—En el Normal 24, es profesora de matemáticas.

Tito se quedó callado un momento y encendió un cigarrillo para ganar tiempo. Después nos ofreció uno a nosotros.

—Vamos a quedarnos tranquilos por ahora -dijo y aspiró fuerte.

El Negro encendió el suyo, después el mío con el mismo encendedor.

—Yo voy a tratar de ayudar con Morita lo más que pueda, pero ustedes se quedan callados.

—Sin condiciones, Tito. Usted ayuda, nosotros vemos si no decimos nada -el tono del Negro era otro.

—Morita está saliendo con alguien, un pibe del club, algo me contó Mabel por arriba. Mucho no puedo hacer ¿qué quieren? ¿Que la obligue?

—Usted sabe bien que ella lo escucha bastante, háblele de Martín, diga que pasó por acá de casualidad, que charlaron, que lo ve bien.

Tito revoleó los ojos y volvió a fumar.

—Voy a intentar, no les prometo nada. La semana que viene paso y hablamos. Pero si algo sale de esta conversación les prendo fuego toda la esquina.

—Trate de evitar las amenazas. Vaya adelantando el fin de semana, venga el lunes, así no pasa tanto tiempo.

Nos dio la mano cuando se fue, a mí también un beso. El Negro no podía parar de reírse. —¿Le viste la cara? Se hacía el guapo pero está cagado, te digo que está cagado.

—No sabía que Mora estaba saliendo con alguien.

—¿Qué esperabas? ¿Qué te deje a vos y después se ponga a buscar?

—¿Vos decís que lo tiene desde antes?

—Ya fue, Molina. Vos te garchaste a esta mina ¿no?

—Sí, pero pasaron ocho meses.

—¿Le viste la cara a tu suegro? Eso es lo importante. Concentrate, hermano. Es tu única oportunidad.

—Sí, está bien ¿Cómo sabés que Lita y tu vieja son amigas?

—Me lo inventé, mi vieja no tiene la más puta idea de quién es Lita.

—¿Sos boludo? ¿Y entonces?

—¿Vos te pensás que le va a ir a preguntar?

6.

Sábado 17 de octubre de 1987

—Repasemos bien todo. No quiero que nos quede ningún cabo suelto.

Serían como las seis, El Negro había estado la semana entera repasando los detalles del plan.

—Ya te entendí Negro, quedate tranquilo.

—Yo estoy tranquilo -decía sin mirarme, mientras anotaba todo en una etiqueta de esas que usábamos para poner el precio de las bicicletas. —Quiero darte todo detallado, no quiero que improvises.

Me lo daba ahí porque yo anotaba todo en esas etiquetas. Como tenían un ojal, las llevaba enganchadas en el llavero. Eran como una agenda, un ayuda memoria. Acumulaba frases, algún teléfono; las cosas importantes me las anotaba ahí y las metía con las llaves de casa. La última que había escrito era una frase de mi mamá: "Se puede querer y odiar con locura."

La que él escribía, en cambio, era igual a un machete del secundario: la letra apretada, mínima; el cartoncito atiborrado de oraciones en los dos lados. De vez en cuando pensaba, me repetía alguna instrucción. Yo, en cambio, miraba los coches pasar por la avenida.

—Esta en el llavero no va, llevala en otro lado. Che, Molina, estamos acá -chasqueó los dedos en el aire para llamar mi atención. —Mirá que todo esto es para vos, es importante. Hace una semana estabas muerto, enterrado. Ahora, por este ojete que tuviste, tenés una oportunidad. Una sola. Lo tenés claro ¿no?

Dije que sí con la cabeza para que El Negro no se enojara más. Dudaba de mis propias posibilidades. Me costaba creer que Tito todavía tuviese tanta prédica sobre su hija; la culpa no era toda de Mora y yo lo sabía mejor que nadie.

—Te pido, entonces, que me prestes atención -dejó la etiqueta escrita entre los dos y la giró con los dedos para que yo la pudiera leer.

—Aunque parezca mentira todo lo que tenés que saber está acá. De un lado, Mora; del otro tu novia nueva. Tu nueva vida comprimida en una etiqueta de ocho por cinco.

—Yo te agradezco, Negrito pero…

—A ver, nene -apoyó las palmas sobre el mostrador, me miraba a los ojos. —¿Cómo te digo esto sin que te enojes? A mí Mora no me cae mal, de verdad. Por momentos incluso creo que es una víctima de Tito. Pero por mí que se vaya con el verdulero. Yo esto lo hago por vos; ocho meses hace que estamos con este temita, con la depresión a cuestas. Si esto es lo que vos querés, ayudame. Ayudate. No sé si te diste cuenta, pero el único que te fuma doce horas por día soy yo -no estaba del todo enojado, pero cada vez hablaba más alto. —Si vos no ponés un poco de tu lado, este plan no camina.

Fue hasta la cocina y trajo dos tazas de café.

Las dejó en el mostrador y guardó la etiqueta llena de instrucciones adentro del paquete de Marlboro; el fondo de la caja se empapeló de palabras en miniatura.

—La iba a poner en el llavero con las demás, para tenerla a mano -le dije.

—Ya te dije que en el llavero no va, ¿estabas acá? ¿Cuándo vas a salir con esta mina entonces?

—Hoy a la noche.

—Sacate de encima todos los prejuicios, la moral sobre todo. No te vas a casar. Si sufre, si se enamora, si llora porque la cambiás por otra, no pasa nada, que se joda. Es una estrategia. No estás traicionando a nadie, no hay nada firmado. Tu mamá nunca se va a enterar y a tu viejo no le importaría. Te lo juro y que en paz descansen. Te pido, por el amor de Dios, que no te encariñes. Ni con ella, ni con la madre, ni con el perro.

—No tiene perro.

—Acá el objetivo pasa por otro lado.

—¿Vos pensás que esto puede funcionar?

—Depende de vos. Es un tema de autoestima, de confianza. Aspiro a que te valores un poquito, a que te tengas fe. Querete un poco, hermano. Basta de andar dando lástima, de hablar de Mora todo el día.

—Hoy no hablé nada.

—Sí hablaste ¿En qué estás pensando ahora? Pasás la mejor noche de los últimos seis meses con una mina que es un avión a chorro y estamos otra vez con Mora. A partir de este momento te la borrás del cerebro. Basta, de verdad, sacátela de la cabeza. Ni se te ocurra sacar el tema hoy a la noche. No existe.

—Bueno, ¿qué más?

—Pase lo que pase, te cambiás siempre antes de ir a verla. Afeitado, gel, te ponés lo mejor que tengas hasta que hablemos con Fede y te diga que ponerte. Vas con el auto de tu viejo.

—El Alfa del viejo, no.

—Es un auto, Martín. Si lo chocás, se arregla. Y ni un cassette de Julio Iglesias. La música es esta -dejó un TDK al lado de los cigarrillos. —No quiero que le cuentes a nadie ¡A nadie! Mirá que a vos te gusta hablar al pedo. Nada ¿me escuchaste? Hoy Mora se murió. No la llamás ni de día, ni de tarde, ni de noche; ni se te ocurra aparecerte por su casa.

Salí con el Alfa del viejo, recién bañado y con un cassette de los míos; el de El Negro guardado en la guantera. Aceleré como nunca, como en esos tiempos de valentía, con la ventana baja y el frío en la cara.

Me quedé sentado en la puerta de lo de Fabiana mientras Julio terminaba de cantar "La nave del olvido", después gané la calle. El auto de Tito estaba parado arriba de la vereda; había llegado recién porque el capó todavía estaba caliente.

Fabiana no me dejó ni tocar el timbre. Abrió la puerta de su casa y me dio un beso en la boca. La abracé y ahí nos quedamos.

—¿Qué hacés pibe? -Tito me palmeó la espalda de repente con más fuerza que cariño. —Largando, largando. ¿No me acompañás un minuto hasta el auto? Martín era tu nombre ¿no? Me contó Fabi que tenés un taller.

—De bicicletas -dijo Fabiana que ya estaba en la vereda. Parecía inmune al frío, con una polera finita, sin campera, ni nada. Botas texanas y un jean alto, roto en un muslo y apretado en el culo.

—Sí, sí, es lo mismo. Vení conmigo un momento -me empujó un poco, después se subió el cierre de la campera y ajustó un poco más el pañuelo gigante que le abrigaba el cuello. —Quiero saber tu opinión de un ruidito que me hace el pedal de freno.

—Yo te espero en el auto -dijo Fabiana señalando el Alfa para asegurarse que fuese mío.

—Subí querido, está abierto, así escuchamos bien en el silencio del habitáculo.

Cerré la puerta y Tito hizo lo mismo de su lado. Sacó los cigarrillos y se dejó uno apagado en la boca.

–Hablé con Morita -me dijo con una sonrisa porque Fabiana miraba desde mi auto. —La invité a almorzar mañana en Palermo, a la parrillita donde vamos siempre, para poder charlar tranquilos ¿Por qué no te das una vuelta? Aparecés por ahí de casualidad. Creo que puede ser bueno que la veas, que charles con ella -no me dejó contestar. —Ahora andá. Con cuidado -siguió con la sonrisa de plástico y una palmada pesada en la espalda. —Que mi otra hija está sola y este barrio es jodido.

—Hola, hola. Te viniste lindo para mí, con perfume y todo. ¿Te cuento algo? Nunca tuve un novio con tus ojos -se me tiró encima apenas se sentó. —Todavía es temprano y no tengo nada de hambre. ¿No me llevás al telo para hacer tiempo? Te traje un cassette -lo sacó de la caja y lo cambió por el que estaba puesto. —¿Vos tenés hambre?

Si tenía, me olvidé de repente. Arranqué lo más rápido que pude, con Fabiana encima mío y "Un montón de nada" llenando todo el auto. Fabiana sabía la letra, no podía parar de cantar. Con la ventana abierta apenas, fumaba y el humo que soltaba iba haciendo remolinos, se iluminaba de a ratos con las luces de la calle.

Bajé la rampa de un hotel en Monroe, cerca de la cancha de River. Como era temprano el estacionamiento estaba casi vacío. El Negro me había recomendado que pida la habitación más cara. Fabiana me desabrochaba la camisa en el ascensor chiquito y yo no había ni apretado el botón.

Tiré la campera en una silla ni bien cerramos la puerta, revoleé las zapatillas, me saqué los pantalones ayudado por los pies.

—Bancame, voy al baño -no hacía frío en el cuarto y la calefacción estaba prendida; pero siempre tenía las manos frías cuando estaba con una mina. Dejé correr el agua para que se calentara y mientras esperaba hice diez flexiones de brazos para bajar la ansiedad. Después me enjuagué la boca con un líquido verde que encontré por ahí.

—¿Trajiste puchos, Molina? -no había salido todavía del baño y la puerta estaba cerrada.

—En el bolsillo de la campera -le grité cerrando la canilla, me miraba los dientes en el espejo, me acomodaba el calzoncillo. Mirándome a los ojos me acordé de la etiqueta del Negro y los nervios me volvieron de golpe. Quizás no la vea, pensé. Si saca un cigarrillo sin prestar mucha atención puede que no la vea. —Poné la luz como te guste, ya salgo -quería distraerla de alguna manera pero el bocho me caminaba. ¿Cuántos cigarrillos quedaban? Seis, siete. ¿O este era el paquete nuevo y el otro lo había dejado en casa? Ay, la concha de la lora.

—¿Vos querés?

—No, no. Un whisky servime, ya salgo -ni en pedo, si abre la caja otra vez cagué.

Me peiné con los dedos, me sequé bien las manos y salí sacando pecho; no es bueno pensar que siempre puede pasar lo peor.

—Corazón -dijo Fabiana sentada en la cama apenas me vio. Estaba desnuda y cruzada de piernas, se había servido un vaso de whisky y el que le había pedido estaba en la mesa de luz. Fumaba tranquila, en cámara lenta, y el humo se multiplicaba con el espejo de la pared del techo. —Yo sé que tanto no nos conocemos -tomó un trago rápido, dio una pitada después. —Viste que llegué entusiasmada. Mirame cómo estoy, lista. Como tardabas me serví un whisky. Tardaste mucho, la verdad -hizo trompa con la boca y el calzoncillo se me acomodó solo. —Sabés, corazón, a mí no me gusta meterme con las cosas de los demás, nunca me gustó. Siempre tengo pastillas de menta, forros de todos los colores, mis puchos; no quiero que nadie me regale nada. Hoy me olvidé los míos en casa. No me pasa nunca, te lo juro. Debe ser que me gustás, la cabecita de novia -se golpeó la sien con el canto de la mano y cerró los ojos haciendo de cuenta que le dolía. —Y como soy medio pelotuda, me ilusiono, pienso que me escribiste una notita. Que la guardaste en la caja porque no te animabas a dármela. ¿Y sabés por qué lo pienso? -sacudió la cabeza y se mordió los labios. —Porque la notita dice "FABIANA" arriba de todo. Sacó la notita de la caja. "Qué divino", digo en voz baja y me prendo el pucho, hasta que empiezo a leer -se paró de golpe y tiró el cigarrillo al piso. —Y, la verdad, no me gustó un carajo lo que leí. Nada, ni un poquito ¿Me podés explicar quién carajo es esta Mora? ¿Por qué esta etiqueta dice Tito por todos lados, y qué tenemos que ver mi vieja y yo en todo esto?

7.

Domingo 18 de octubre de 1987

Me desperté sobresaltado por el teléfono sin entender muy bien en qué cama dormía.

—¿Estás solo Molina? -disparó El Negro ni bien dije "hola". —Si no cortá y decí que estaba equivocado.

—¿Qué hora es?

—Las nueve ¿cómo te fue?

—Hablame bajito, Negro, por el amor de Dios que se me parte la cabeza, cené whisky con caramelos masticables, busqué el vaso que había dejado en la mesa de luz y tomé el poco de agua que me quedaba.

—¿No iban a comer?

—Al telo directo me llevó; buena época para andar de novio.

—¿Ya te pusiste de novio?

—¿No me habías pedido eso?

—No cancherées, Molina, conmigo el playboy no. ¿Te dijo algo de Tito?

—Nada, pero me lo encontré cuando la pasé a buscar. Se hizo el amigo, me dijo que la había invitado a Mora a almorzar así charlaban los dos solos, como si hablaran mucho, que pasara por ahí como de casualidad. Cuando me iba me amenazó de nuevo.

—Qué hijo de puta.

—Ya estoy acostumbrado.

—¿Y en qué quedaste?

—En nada, voy a pasar.

—Con Fabiana te digo…

—Ah. Ahora la iba a llamar; estábamos tan en pedo que ni me acuerdo en que quedamos.

—No dijiste nada ¿no? Vos en pedo sos peligroso.

—Nada.

—¿Seguro?

—Seguro, boludo. Seguro.

—Bueno bien, llamame cualquier cosa, yo me quedo en casa.

Corté suspirando fuerte. Me temblaban las piernas y de nuevo tenía las manos frías. No estaba acostumbrado a mentirle a nadie, mucho menos al Negro. Mi cabeza guardaba flashes, imágenes borrosas de la madrugada.

Del principio de la noche me acordaba bien, de eso sí me acordaba. De la locura del viaje, de la llegada al hotel, de la etiqueta en la caja de Marlboro.

—Fabi, yo te voy a contar toda la verdad -le dije cuando me encaró; se acercó tanto que las tetas me tocaban el pecho.

—Fabi, la pindonga. Empezá a hablar.

—Esos fasos no son míos, son del Negro. ¿No ves que es otra letra?

—¿Yo cómo mierda sé qué letra tenés? ¿Qué Negro? ¿Quién es El Negro?

Fui hasta el pantalón y busqué el llavero en el bolsillo.

—Mirá mi letra. El Negro es mi amigo, mi socio, trabajamos juntos en la bicicletería. Estas son las llaves de casa, del auto. Mirá mis etiquetas, yo me anoto todo, pero esa es de él. Son sus cigarrillos.

Se quedó con el llavero en la mano, pasando etiquetas.

—Seguí...

—Se llama Rolando, Rolando Vaccaro, pero todos le dicen Negro desde chiquito; su abuelo Francisco le decía así, después el apodo pasó al barrio, a la escuela y le quedó.

—¡Evitame las boludeces, Martín!

—Sí, sí -dije rápido y me sequé las palmas en los muslos —El Negro estuvo casado con esta chica Mora, la que dice ahí, como quince años; se casaron de apuro. Se separaron hace poco, ocho meses nada más -podía escuchar mi propia respiración, pero me sentía cómodo con la mentira.

Fabiana se sentó en la cama, después se recostó.

—Avisale al amigo ese que tenés entre las piernas, que en este cuarto no va a pasar nada hasta que aclares bien todo lo que dice este papelito -tenía la etiqueta en la mano, la miraba de vez en cuando, el llavero ahí pegado. —¿Entonces?

Miré para arriba buscando concentración. El espejo gigante del techo me devolvió mi propia imagen, y su mejor perspectiva.

—Se separaron por una montaña de cosas -le dije queriendo buscar sus ojos. —Habían arrancado mal. El viejo de Mora es un sorete, casi lo mata a mi amigo. No quiso que la hija viviera en un departamento de barrio; compró un piso en la Recoleta y lo puso a nombre de ella. Le metió la mucama, le abrió una cuenta de banco, le regaló un auto. Se tuvieron que casar por civil, Mora perdió el embarazo a los dos semanas.

Fabiana torció la boca y creo que a mí se me llenaron los ojos de lágrimas. Me golpeó el colchón para que me sentara con ella. —¿Y qué anotás en estas etiquetas? Tenés un montón. Las pasaba de a poco, leyendo alguna de vez en cuando.

—Cosas importantes, esa última tiene tu teléfono.

—¿Qué me decías del padre de la mina? -me agarró la cara con una mano y me dio un beso llenó de whisky. —Me da lástima tu amigo, pobre. Traeme otro, dale.

—El tipo se llenaba la boca con los amigos, decía que El Negro era un incompetente, que estaba con su hija por la guita. Vos no lo conocés, pero es buen pibe mi amigo, todavía la extraña.

—Pero ella es otra hija de puta.

Puse hielo en el vaso y lo llené hasta arriba.

—A mí el tipo me tiene miedo, bien que se caga cuando me ve -le alcancé el whisky, busqué el mío en la mesita y los dos nos acomodamos contra las almohadas. —Al Negro todavía lo boludea, le dice "Negrito" esto, "Negrito" lo otro.

—Me da pena tu amigo, te lo juro; quince años casado con esta turra, con el suegro marcándolo de cerca, una cagada, la verdad -su tono era otro. —Pero hay algo que no me estás contando. Tito, ¿por qué dice Tito acá?

—Es que son las cosas del Negro.

—¿No confías en mí?

Me quedé ahí mudo, pensando muy bien qué decir.

—Porque Tito es el padre de Mora -apenas lo dije me terminé el whisky de golpe, sin respirar, como para ganar algo de tiempo.

El vaso de Fabiana se soltó de su mano y se estrelló contra el piso de baldosas.

—Por eso Tito se puso nervioso al verme el otro día. Por eso quiso hablar conmigo hace un rato en la puerta de tu casa. Desde que lo descubrí, lo tengo amenazado con contarle a su mujer, a su hija. Con contarles a ustedes si no me ayuda a recuperar a Mora. Bueno, a que El Negro la recupere.

Se me quedó mirando en silencio con los ojos perdidos. No había escuchado nada más. La seguridad de antes, la sonrisa irónica, su valentía de un momento atrás era solo una mueca en la cara llena de pecas.

—¿Vos estás seguro de lo que estás diciendo? -quiso bajar de la cama, pero se encontró con los vidrios rotos en el piso.

—Claro que estoy seguro. Lo conozco hace más de veinte años. Yo sabía que el tipo era un tramposo, pero negar una familia completa me parece que ya es demasiado.

Yo hablaba con una voz que no era la mía. Estaba parado otra vez en el medio de una habitación llena de espejos que me miraban; por alguna razón inexplicable me sentía seguro como nunca en mi vida.

Fabiana, en cambio, se había abrazado a sus piernas, hablaba sola sentada en el medio de la cama, los ojos desorientados, como si quisiera hilvanar sus propios recuerdos.

—Las veces que me dijo que era la hija que nunca había tenido, que nada en el mundo le hubiese gustado más que llevarme del brazo al altar. ¡Qué cínico hijo de mil puta! Vos no estarás inventando todo este verso por algo ¿no? Para robarnos, o para secuestrar a Tito; algo de plata debe tener. ¿No serás de la banda esa que drogan a la gente para sacarle los órganos?

Se tapó un poco con la sábana, se quedó ahí.

—¿Vos estás loca? ¡Si la que me trajo acá y me puso en pelotas fuiste vos! ¿Cómo voy a inventar una cosa así? -agarré el llavero de la cama y pasé rápido las etiquetas. —Mirá -le dije señalando la correcta —*Tito Lopez Audet - Casa: 803-2894 - Oficina: 393-5576*. Ahí lo tenés. ¿De donde saqué dos teléfonos de un tipo que acabo de conocer? ¿Para qué los tengo? Mirá la dirección. Leé del otro lado.

—Arenales 3204 - 4to A -dijo despacio. —Nosotras fuimos a un departamento de dos ambientes en Belgrano, cerca de la Redonda. ¿No vive ahí? No lo puedo creer. Ves que la pobre Lita está meada por los perros. Primero mi viejo desaparece. Y ahora que parecía que la vida se le encaminaba, este hijo de puta aparece con una familia escondida.

—Fabi, no podés decir nada. Me lo vas a tener que prometer. Mirá que tu mamá no se puede enterar.

Rompió en un llanto algo más dramático de lo que esperaba. Quizás era el whisky; o la verdad, que una vez más la golpeaba de frente.

Me metí en la cama y la abracé. Y ahí nos quedamos los dos un rato. Después hubo más whisky, más llantos, planes, risas y hasta una venganza común. También un pacto secreto; una promesa de fidelidad eterna, una celebración que terminó a las cinco de la mañana.

Con el sol en la cara y sentada en el auto, Fabi seguía mirando mis etiquetas, estábamos de camino a su casa.

—Aspirinas: 1 cada 4 horas. Nunca con Coca.

—Me confundo con el ibuprofeno, que va cada ¿seis horas?

–¿Y esta? ¿4624?

—La combinación del candado del taller.

—Y la tenés en el mismo llavero que dice Bicicletas Molina, la dirección y el teléfono. ¿Sabés que sos tan boludo que me volvés loca? Me rompió otra vez la boca de un beso y abrió la puerta porque ya habíamos llegado.

—¿Nos ponemos de novios? -le dije agarrándola del brazo. Se tentó tanto que no me podía contestar.

—Chau boludito. Llamame.

El teléfono de casa sonó otra vez; me levanté de la cama para buscar un poco más de agua.

—Che -dijo El Negro apenas volví a atender —No le hablaste de Mora ¿no?

—No.

—¿No diste lástima? ¿no le contaste que perdiste cuatro embarazos? ¿nada de nada?

—No.

—¿De verdad? jurame.

—Te lo juro.

8.

Domingo 18 de octubre de 1987

Bajé a la bicicletería con la culpa a cuestas, buscando el aura de mi viejo en las fotos debajo del vidrio del mostrador, en los manuales con sus notas. Desde su muerte el local era mi único ámbito de protección.

Con el café recién hecho, me senté en los escalones de la parte alta del negocio, buscando remanso en el silencio, mirando a la gente pasar, adivinando los años de los pocos coches que pasaban por Rivadavia. Dos chicos, de no más de trece años, se habían sentado en el muro bajo de la esquina, se reían apoyados contra el vidrio que decía "Bicicletas Molina". El sol de la tarde pegaba de ese lado, los abrigaba. También se metía de lleno por las vidrieras, levantando brillo en los cromados de las bicis nuevas, para reventar contra el mostrador del fondo que ya estaba desteñido de tanta luz.

La piba masticaba un chicle, hacía un globo de vez en cuando y se había hecho dos colitas; el pibe tenía puesta una camiseta de Atlanta y no paraba de hablar. Se dieron un beso y ella se lo quedó mirando un rato largo, no le sacaba los ojos de encima. No eran ganas, seguro estaba enamorada, te dabas cuenta en el abrazo. Lo miraba en silencio, la sonrisa apenas dibujada. Mora me había mirado así alguna vez, igual que esa chica, cuando le dije que nos casáramos, que nada malo nos podía pasar.

Me serví un poco más de café y volví a sentarme en el mismo lugar. Me solté el llavero del cinturón y busqué entre mis etiquetas viejas; algunas, a las más importantes, las había recubierto con cinta *scotch* para que no se borraran con el roce. Ahí, amarilla, estaba la suya. Siempre había dicho que era de groncha decir "te amo". Yo lo escuchaba cada vez que la leía, me lo había escrito con su letra.

Me distrajo una monjita que venía pedaleando por Escalada; una novicia de veintipico, con un hábito que no le tapaba la frente, ni el pelo por completo. Se había abrochado la camisa blanca hasta el último botón; pasaba frío con un saquito de lana gris y una pollera del mismo color.

Pasó por una vidriera, por la otra hasta doblar la esquina y paró justo en la puerta. En la bici todavía, se bajó del asiento para apoyar los pies en el piso. Después se subió las medias hasta la rodilla y, volviéndose a acomodar el pelo detrás de las orejas, miró hacia adentro del local buscando gente. Al verme ahí sentado, estacionó la bici en los soportes vacíos. Abrí la puerta antes de que pudiera golpear.

—Parece la entrada al cielo -dijo al escuchar el tintinear de la campana.

—Estamos cerrados, pero dígame qué necesita.

—Uy, qué boba, no leí que hoy no abrían -señaló las letras pintadas en el vidrio de la puerta.

—Vuelvo mañana.

—No se preocupe. Igual estaba por acá.

—Me puede tutear si quiere, todavía no estoy ordenada.

Sonrió y se le iluminaron los ojos. —Me acabo de comprar esta bici de segunda mano, los frenos andan muy mal, tengo miedo de quedarme sin zapatos -levantó un pie para mostrarme el mocasín raspado en la punta. —Y se le sale la cadena de vez en cuando. ¿La puede revisar?

—Si la espera... Si la esperás, en un rato la tengo lista. O te la puedo alcanzar más tarde en la camioneta, si no es muy lejos.

—Qué Dios te bendiga, qué bien. Vivo en el convento de las hermanas, el que está pegado a la parroquia. Es acá nomás, sobre Bahía Blanca, pasando la estación –apuntó exactamente para el lado contrario. —Serán cuatro, cinco cuadras como mucho.

—Yo te la llevo, quedate tranquila. Así no tenés que volver de noche. Entrala que traigo un ticket. ¿Cómo te llamás?

—Esperanza -gritó mientras salía. —¡Y no te rías! Ya sé que hasta el nombre tengo de monja.

Se me pasó rápido el resto de la tarde. Concentrado en el arreglo, buscando eslabones para la cadena de la bici de Esperanza, me olvidé de mis mentiras. También de Mora, de las amenazas de Tito y hasta de Fabiana.

A las siete de la tarde paré en la puerta de la iglesia con la bici atada en la caja de la camioneta. Ya estaba oscuro y la congregación entera salía de misa, se quedaba charlando en las escalinatas o en la vereda. Vi pasar a algunos conocidos; varios chicos me saludaron al reconocerme apoyado contra el guardabarros de la Multicarga. Otros se demoraban conversando con el cura en la puerta de la parroquia; el tipo repartía bendiciones, sonreía y saludaba a su gente.

Subí de a dos los escalones al ver que los últimos se disipaban.

—Encantado Padre -dije con menos aliento de lo que esperaba. —Vengo a traer la bicicleta de Esperanza.

—¿Esperanza?

—Una novicia, me dijo que vivía acá, en el convento.

—Ah sí, sí, Esperanza. Es nueva, llegó ayer. Ahora las hermanas están cenando y ya no pueden salir. Pero yo se la guardo en la oficina. Mañana bien temprano nos encontramos todos a rezar ¿Cuánto te debe?

El cura también era joven. No tanto como Esperanza, pero bastante más que yo. Parecía cualquier cosa menos un párroco: el pelo medio despeinado, más largo atrás. Canchero, con la camisa negra afuera; no usaba el cuello blanco de rigor.

—No es nada, le ajusté dos cosas ¿Te hago una pregunta? Yo soy católico, estoy bautizado y tomé la comunión, pero hace como quince años que no me confieso. ¿Puedo venir cualquier día? ¿o tengo que pedir turno en algún lado?

El cura puso las manos en los bolsillos y se rió mirando el piso.

—Podés venir todas las tardes sin turno. No damos turnos, no es un consultorio -se seguía riendo al hablar. —Si tenés ganas podés confesarte ahora.

—¿Ahora mismo?

—Si querés…

—Lo pienso mientras bajo la bici, no sé si estoy tan preparado.

—Ahora mejor. Nunca nadie está preparado para asumir sus errores.

Entramos a la iglesia con la bici de Esperanza. La luz lúgubre que se colaba por los vitró solo alcanzaba para recortar los bancos y el altar al fondo; no se veían las caras de las siluetas que nos miraban desde las paredes de los costados.

Salvo el rellano de la entrada, que se iluminaba con las velas de las intenciones, todo estaba en penumbras.

—Preferiría venir de día -dije y apoyé la bici contra una columna. La sola idea de hablar sin poder ver me hizo sentir aún más pecador.

—Para que te resulte un poco más fácil podemos sentarnos acá cerca de las velas -dijo el cura señalando los bancos del fondo. —Me llamo Damián.

—Encantado, padre. Martín Molina.

—Decime Damián. Empezá cuando quieras.

Le pregunté qué tan secreto era el secreto de confesión y el cura se rió.

–Es un doble compromiso. Uno moral, el otro con Dios.

Lo dijo tan serio que no quedó ninguna duda.

Para romper el hielo, le conté lo mío con Mora. Como decía El Negro, me la pasaba dando lástima, uno más al que le contara, daba exactamente lo mismo. Como el pibe me escuchaba con atención y parecía condescendiente, me animé a decirle lo de Fabiana, lo que había pasado con mi ex suegro en la cocina de Lita, como lo habíamos coaccionado.

—A veces hay que defenderse -dijo Damián. —No todos estamos capacitados para poner la otra mejilla como el Señor.

Antes de irme le conté que le había mentido a un amigo. Me miró un rato largo, se acomodó el pelo con la mano.

—*"El testigo veraz salva vidas, pero el que habla mentiras es traidor"* -cerró la Biblia de golpe con una sola mano y el ruido amortiguado del papel resonó en la nave vacía. —No podemos causarle daño a los que más queremos -me dijo en la puerta al despedirse. —Contale, Martín. Te va a entender.

Salí a la calle algo más tranquilo, menos asustado. Encendí un cigarrillo y me quedé sentado en las escaleras pensando un rato. Pasadas las ocho arranqué despacio, con el vidrio bajo y el viento en la cara, tratando de buscar a Fabiana en mi mente, no quería pensar en las mentiras que había inventado. Sin querer me la encontré a Esperanza con las medias altas hasta la rodilla, el saquito de lana gris y su bici de segunda mano.

9.

Lunes 19 de octubre de 1987

A pesar de la confesión y los consejos del padre Damián, la culpa y todo su peso seguían en el mismo lugar el lunes a la mañana.

Bajé al negocio temprano, rogando que El Negro no hubiese llegado, implorando por un trámite de último momento que lo mantuviera alejado de la bicicletería, al menos por un día; como si el dilatar sirviese para algo, como si no enfrentar la realidad pudiese hacerla desaparecer.

—Estoy muy orgulloso de vos, Molina -me dijo apenas abrí la puerta que daba al local. Salía de la cocina con un café para cada uno, contento como si fuese un viernes a las seis de la tarde.

—Bueno, tampoco para tanto.

—Las cosas como son -siguió mientras ensayaba un brindis con las tazas. —Obvio que el plan acá es que vuelvas con Mora pero, la verdad, me sorprendiste con esta Fabiana. ¿Me la vas a presentar?

—Me dijo que hoy pasaba.

Me hubiese gustado decirle la verdad, sacarme el peso de encima y bancarme los retos. Ahora me quedaba con una felicitación berreta, poniendo cara de contento y brindando como un pelotudo. Quería contarle que le había mentido, que no podía dejar de pensar en Mora y que me había encariñado con Fabiana porque parecía buena piba. Necesitaba su consejo, preguntarle, tratar de entender cómo era posible cagar todo de nuevo en veinticuatro horas.

La campana de la puerta sonó por primera vez. Era Fede Scaglietti, que venía casi todos los días.

—*Ciao amici*, ¿Hay café para el tanito?

Era el hijo de la hermana de mi viejo, mi primo hermano. Nos habíamos criado juntos en el barrio, en su casa, en la mía cuando vivía mi vieja. Juntos fuimos al jardín, al colegio, a la misma clase toda la secundaria.

—Che, Molina, tengo una mina fantástica para presentarte.

Nadie decía fantástica en Buenos Aires. Fede se hacía el italiano, hablaba con acento falso, suavizaba las erres y hacía gestos con las manos para que la ilusión fuese completa.

—Aunque no lo creas, el señor está saliendo con una señorita -El Negro le acercó un café en una taza igual a la nuestra.

—¡Epa Molina! ¿Y eso?

—Se la levantó el jueves pasado en la cola del banco

-hablaba como si yo no estuviese. —Parece que es un camión.

—¿Te vio vestido así? -Fede se rió de su chiste, después tomó un poco de café.

Pocas cosas en la vida le importaban a Fede tanto como la ropa. Había empezado con la manía desde chico; su familia lo llevaba a Italia todos los veranos y no paraba de comprar. El único italiano de verdad era el viejo. Llegó a Buenos Aires como a los veinte, a los seis meses ya levantaba apuestas en los bares. Al año siguiente se compró una agencia de Prode y Quiniela a dos cuadras de la bicicletería, en la esquina de Segurola. Hizo mucha guita con los números, los caballos. En cuanto pudo se compró un departamento allá, en Rimini.

—Si adelgazás un poco te puedo prestar algo. Mirá la facha que tiene Fede.

Era apenas más alto que yo, pero mucho más flaco. Como había vuelto de Italia hacía un par de semanas, estaba bronceado y el pelo se le había desteñido con el mar. Ese día andaba con un saco de corderoy azul y una bufanda enorme, la solapa siempre levantada.

—Negrito, ¿pendeja la piba?

—Veinticinco -dije yo.

—¿Y cómo se llama?

Me quedé pensando qué tenía que ver el nombre.

—El nombre es todo, Martín -dijo antes de que pudiera decir Fabiana, retrocedió hasta tocar el mostrador, después apoyó las manos y se sentó arriba de un salto. —¿Vos te pensás que Ornella Muti se llama así de casualidad? ¿Conocés alguna mina linda que se llame Gladys?

Nos reímos los tres. La verdad, nunca lo habíamos visto con una tipa fea. Cambiaba de mina casi tan rápido como vendía mis bicicletas. Sí, también vendía bicicletas, con el padre nunca quiso trabajar. Le ofrecimos sueldo, comisión, un montón de veces. "Si me pagan, pierdo la magia", decía. Era igual a esos tanos de las películas: mentiroso, fachero y encantador.

—Estamos armando un plan.

Lo miré al Negro para pararlo, no quería que le contase tanto. Pero estaba tan compenetrado en lo que quería decir, que ni se enteró. Fue justo ahí que la campana de la puerta sonó una vez más. Era Esperanza, se había quedado parada en la entrada misma.

—Hola Martín -dijo de lejos, su mirada clavada en el piso, vestida con el mismo saquito y la misma pollera que el día anterior. —No te quería interrumpir, solo darte las gracias por lo de ayer. Se dio media vuelta y se fue cómo había llegado, pedaleando por la vereda en la bici que le había arreglado.

—¿Y ésta? -El Negro se había sentado en el mostrador con Fede.

—Esperanza.

—¿Te agarró el misticismo?

—Esperanza es el nombre, boludo. Se llama así.

—Pero es una monja.

—¿En serio? Yo pensé que venía de una fiesta de disfraces. Vino ayer y le arreglé la bici, después se la alcancé hasta la parroquia y charlé un rato con…

—¿Con quien hablaste Molina? ¿Con Mora?

—No, no. Me quedé ahí charlando un rato con el padre Damián.

Fede y el Negro rompieron en una carcajada.

—¿Te gustó la monja y te fuiste a confesar? -Fede golpeaba el mostrador y se reía sin parar, el Negro lloraba tentado. Se reían tanto que me hicieron reír a mi también. Yo quería llorar, mintiendo sin parar, pensando en Mora igual que el primer día, trabado en un pacto de sábanas con Fabiana, caliente con una monja.

—Son dos pelotudos, no entienden nada.

—Ojo que si le metemos una bikini, la monjita puede pelear.

—Pará Fede, por Dios, que me duele la panza.

Pensé que con lo de Esperanza se habían olvidado del plan. Fui a la cocina a buscar la cafetera, la traje para ofrecerles a los demás.

—Martín se quedó a dormir en lo de esta mina, la que conoció en el banco -El Negro se había parado otra vez.

—Fabiana se llama. Al día siguiente se lo encontró al ex suegro ahí.

—¿A Tito?

—*Yes*, en la cocina de la casa. Está de novio con la madre de Fabiana y parece que desde hace rato.

Fede casi se ahoga con el café de la risa. —Es mucho, no lo puedo creer.

—Ese mismo viernes apareció por acá temprano para ver cómo venía la mano -siguió El Negro entusiasmado. —Ahora lo tenemos amenazado, tiene que ayudar con Mora, hablar bien de Martín o contamos todo. El tema es que si todo nos sale bien, hay que sacarse a Fabiana de encima. Si se enamora de Molina, como tenemos pensado, y éste después la deja, quizás haga algo por despecho. No sé, que se le ocurra contarle a Mora, venderlo a Tito, cagar todo. Yo había pensado que te conozca a vos.

—¿A mí? ¿Para qué?

—Para que te la levantes y salga un tiempo con vos; Molina vuelve con Mora. Después le das pista y listo.

—La tengo que ver -dijo Fede levantando la mano mientras tragaba el café. —Fede Scaglietti tiene un prestigio que mantener, después la gente comenta.

—Buenos días -gritó un tipo desde la puerta. —Andaba buscando una bici rosa para una nena de cinco.

—A ver señor -Fede bajó del mostrador, abrió la puerta de calle. —Se va a tener que retirar, ahora estamos con un tema *veramente* importante ¡Mire bien! ¿Usted ve alguna bicicleta rosa por algún lado? -el tipo se quedó ahí, mudo. —Le pido que me haga el favor y se las tome.

El pobre hombre se dio media vuelta sin decir nada, se quedó afuera mirando las bicis de chicos que estaban pegadas a la vidriera.

—¿Ustedes me están jodiendo? -arranqué con ímpetu desconocido apenas Fede volvió al mostrador —¿Saben qué podemos hacer? Fede se queda con Fabiana y vos Negro con Mora. ¿No tenemos otro amigo para Esperanza? ¿Un curita? Después nos juntamos los cuatro a almorzar y me cuentan cómo les fue. Este es un tema mío. Lo empecé yo, yo lo termino.

Fede y El Negro se quedaron mirándome, la campana de la puerta sonó otra vez.

—Señor, ya le dijimos que no tenemos -dije mientras me daba vuelta. Tuve que parar de hablar.

—Hola corazón - dijo Fabiana guiñándome un ojo —¿Interrumpo algo?

El Negro y Fede dejaron de hablar, de reírse, la miraban como dos tarados. Fabi se sacó la campera de cuero y la colgó del manubrio de una bici. Se arremangó un poco la remera apretada y subió los dos escalones.

–Qué linda bicicletería Molina. ¡De antes! ¡Como vos!

Fede se adelantó antes que pudiera saludarme y se presentó con un beso.

—*Due* -le dijo cuando Fabi se soltaba, acomodándose el pelo hacia atrás con toda la mano,

tomándola de la cintura y poniendo la otra mejilla.
—Como en Italia.

—Ah ¿dos besos? No lo sabía eso. Molina, a partir de ahora te voy a dar dos besos, dos picos, como en Italia. Che, se parecen un poco ustedes dos.

—Es mi primo -le dije.

—Corazón ¿tenés un primo italiano y no me avisás? Lo único que me falta es haberme enganchado con el bicicletero equivocado -se rió de su propia ocurrencia. El Negro y Fede festejaron con ella. Yo me reí también, no me quedaba más remedio.

10.

Sábado 19 de diciembre de 1987

—Ahora tiene que apagar el cigarrillo -el tipo que ayudaba en la parroquia había vuelto y ordenaba unos folletos viejos haciendo de cuenta que trabajaba. Le juré que era el último.

—A mí no me prometa nada -sacó un peine chico del bolsillo trasero del pantalón y se acomodó el flequillo bien para el costado. —Dentro de un rato va a tener que jurar algo bastante más importante ¿Trajo las alianzas?

Dije que sí con la cabeza. Las tenía guardadas en el bolsillo para tenerlas presentes todo el tiempo. Las hacía tintinear entre ellas cada tanto. Me miré la mano izquierda, la marca de antes ahí estaba. Dos meses habían pasado, sesenta y un días desde el día en el que Fabiana había conocido a El Negro y a Fede.

Lunes 19 de octubre de 1987

—Y vos, entonces, debés ser El Negro -Fabiana lo saludó a mi amigo con un abrazo, como si lo conociera de toda la vida. —Martín te quiere, sabés; se preocupa mucho por vos -se quedó ahí cerca, mirándolo a los ojos, El Negro no podía ni hablar. —¿Te molesta que te diga Negro? Si no te gusta decime, soy tan mandada a veces y Martín está "el Negro esto, el Negro lo otro" ¡Ay, qué boluda! ¡Ni siquiera sé cómo te llamás!

—Rolando -Fede se había sentado otra vez arriba del mostrador, se reía solo. —Rolando Vaccaro. A veces pienso que los padres lo encontraron tirado en la calle con el nombre anotado en un papel. Mirá que había nombres para ponerle. *Rolandito* le dice la mamá cuando vamos a comer a la casa. *Poverino.* Intentamos un tiempo con Roli, pero no funcionó. Decile Negro, a él le gusta.

El Negro seguía callado, mudo, en parálisis general.

—Rolando es feo, la verdad -se tentó de golpe y yo casi me derrito —¿Qué tengo? ¿Qué me mirás, Molina?

—Nada, pensaba. Tengo que pasar a buscar unos repuestos acá nomás -dije para disimular —¿Me acompañás? Te invito a almorzar.

—¿Ven, bicicleteros? Por eso estoy con Martín. Ustedes dos mucha facha, muchos besos, pero ni un café me ofrecieron. En cambio acá, mi novio me invita a almorzar.

Se acercó y me pasó el brazo por encima del hombro. Después me dio un beso con ruido en el cachete.

—Vos Tanito -se reía y lo señalaba a Fede de lejos; a mí me agarró la cara desde el mentón, tenía la mano fría. —No tenés los ojos azules de Molina. Miralo ¿No es un bombonazo? Y eso que ustedes los italianos tienen todos ojos azules. ¿Vos Moli sos medio italiano, entonces? No hablo más, chau. Los saludo así, de lejos -les tiró un beso desde la puerta.

—Vamos, corazón.

Se sentó cerca ni bien nos subimos a la camioneta, pegada la tenía. —Me encantan estos autos con el asiento entero -empujó el encendedor y buscó los cigarrillos en la campera. Mora no se había sentado así en su vida. Ni a los dieciocho, ni a los treinta, ni siquiera en pedo después de una fiesta. "Son cosas de groncha", decía cada vez que se lo pedía.

—¿Donde dejaste el cassette que te regalé?

—Uy, quedó en el auto del viejo. Poné a Julio.

Fabiana me agarró la cara con una mano otra vez y me dio un beso. —Me vuelve loca que seas tan aparato.

—Pero lindo pibe.

—Lindos ojos. El que es lindo pibe es tu primo el italiano.

—¿Fede? ¡No es italiano! Hace de cuenta para levantarse a las boludas como vos.

—Ay, ¿te pusiste celoso? Ahora me gustás más. Doblá en esta, acá. Vamos a la parrilla esa que queda cerca de la plaza ¿la conocés?

—Pará, que tengo que comprar los repuestos.

—Después vamos, es temprano todavía.

Le hice caso y doblé cantando.

—¿Cantás con la elle? ¿como los gallegos? No lo puedo creer. Parate acá, dale. Más adelante siempre está lleno.

Nos sentamos en una mesa de las de afuera, abrigados a pleno sol. Era uno de esos días lindos de los primeros de la primavera. Los plátanos ya se habían cansado del frío y, como podían, empujaban los primeros brotes. Había olor a asado y algunos ya andaban de manga corta. Me encantaban las mesas con manteles de papel, los platos blancos, las veredas sucias de mi barrio.

—Yo nunca tuve amigos como los tuyos -dijo Fabiana de repente, tomaba la cerveza despacio; sin pestañear, mirando al vacío.

—¿Estás bien? ¿Qué pasa?

—Nada. Cuando nos fuimos de la bicicletería El Negro me abrazó fuerte. Vos no lo viste porque ya estabas bajando la camioneta.

—Pero, ¿mal?

—No, no, pobre. Un abrazo lindo, sentido. ¿Sabés lo que me dijo? "Gracias por alegrarle la vida a Martín". Es la primera vez que me dicen algo así. Me hizo sentir importante.

—Es que sos importante.

Tomó un poco más y quiso sonreír.

—El Negro es muy buen tipo -le dije.

—Se le nota -se puso rápido los anteojos de sol y se restregó la nariz con el dorso de la mano. —Lo tenemos que ayudar, Martín -dijo sin mirarme. —Si está enamorado de su mujer no podemos dejar que el hijo de puta de Tito le cague la vida.

—¡No le vayas a decir nada! -me salió así, de golpe; el tipo que estaba sentado de espaldas a Fabiana se dio vuelta para ver qué pasaba. —Mirá que no sabe que vos sabés. No le dije nada.

—Mejor que no le cuentes; es feo que los amigos anden contando ¿viste? Tito me charlaba ayer, me preguntaba si mi vieja estaba contenta. ¿Cómo se llamaba la turra de la hija?

—Mora. No es mala, está confundida.

—Bien confundida tiene que estar. Con ese padre y ese nombre de programa de cable que le pusieron -me agarró la mano y algo me dijo; me acababa de dar cuenta que no había ido a almorzar con Tito.

—¿Me estás escuchando?

—Me colgué, perdón. ¿Qué me decías?

—¡Que me pone contenta haberte conocido! Necesitaba alguien como vos, sin mucha vuelta, sin mentiras. Se nota que vas de frente. ¿Sabés las veces que me cagaron? ¿Los mentirosos con los que estuve metida? Dos años con un tarado que era maestro de grado. Me contaba que el padre le había dejado una fortuna, que daba clases por esa necesidad interior de ayudar a los demás.

—Bueno, el pibe quería ayudar.

—¡Era todo mentira! Ganaba 450 pesos por mes, se gastaba la guita en ropa y lo mantenía la madre. Yo como una pelotuda le hacía milanesas, le planchaba las camisas.

—Peor está tu vieja.

—Callate, me tiene mal eso, pobre Lita. Si se entera se muere. La pobre vivió la mitad de la vida con mi papá; cambió un cagador por otro. Diez años de ilusión a la basura.

—¿Diez años hace que está con Tito?

—¡Doce! A la mierda el sueño de casarse en Italia, de compartir su vejez con alguien. Va todas las semanas y le riega las plantas del departamento de mierda ese que tiene Tito en Belgrano. Pobrecita, se piensa que es la casita que va a tener en el centro. Lo peor de todo es que yo también me lo creí. Fabi, la que se las sabe todas, la que tiene calle, la que se lleva el mundo por delante. Al final somos dos pelotudas.

Lagrimeaba de vez en cuando y yo sentía cómo el bife me iba cayendo mal de a poco.

Un Renault 18 paró en la esquina, enfrente; me lo quedé mirando porque era un GTX de los nuevos y a mí los fierros siempre me gustaron. Un tipo mayor, con saco y corbata, bajó el vidrio. Sin sacarse los anteojos de sol prendió un cigarrillo. Fumaba y soltaba el humo despacio, cerrando los ojos.

En la plaza, los juegos estaban llenos por el tiempo lindo. Alguna que otra bici tirada en el pasto, madres con cochecitos, el carrito que vendía manzanas con pochoclo. Unos pibes jugaban un picado, corrían de un lado para el otro desde hacía rato. Se les fue la pelota lejos, a la vereda; una mina que pasaba por ahí, la paró antes de que se cayera a la calle. A pesar de la avenida, de los coches que iban y venían, me llamaron la atención el jean apretado, los tacos altos a las dos de la tarde, la camisa blanca abierta hasta el cuarto botón. Le alcanzó la pelota al chico que la fue a buscar; después sonrió y se acomodó el pelo detrás de las orejas, igual que Esperanza.

—Voy hasta el auto un momento, me parece que dejé abierta la puerta de mi lado.

—¿Ahora?

—Pedime un cortado, ya vengo.

Quería verla mejor. Apuré el paso por mi vereda, la mina caminando a la misma altura por la vereda de enfrente. Era parecida, muy parecida, pero con otro andar; difícil saber con anteojos de sol y el pelo suelto. A diez metros de la esquina se sacudió el pelo con una mano, se desabrochó los puños, se arremangó apenas.

—Esperanza -la llamé desde unos veinte metros. Grité el nombre de nuevo, por si no me había escuchado. No se detuvo a mirar. Abrió la puerta del Renault 18 y se tiró encima del tipo que la esperaba. Él le dijo algo y ella se rió fuerte, diciendo que sí con la cabeza. Después le partió la boca de un beso.

11.

Lunes 19 de octubre de 1987

Nos sentamos uno de cada lado en el mostrador de la bicicletería. El Negro tomaba su café número veinte, yo venía de dejar a Fabiana; contaba los billetes para cerrar la caja.

Mi amigo estaba contento, exultante, quería más detalles de la noche anterior y no paraba de hacer preguntas. Yo no hacía más que inventar respuestas sobre la marcha, sonreía de vez en cuando para que la tristeza no se notara tanto. Las mentiras se juntaban con la llovizna, con la tarde gris; la oscuridad se adueñaba de la calle de a poco y la luz de tubo empezaba a espejar las vidrieras por dentro. El local se volvía apretado, claustrofóbico. Los vidrios eran paredes, imágenes multiplicadas de bicicletas, de mi propio reflejo que se repetía en cada costado. Cuatro Molinas hablando al unísono; cuatro Martines que no podían parar de mentir.

Mi reflejo me miró a los ojos desde uno de los vidrios gigantes y no pude sostenerle la mirada ¿A quién quería engañar? Bajé la vista de golpe, buscando refugio en las fotos que guardaba debajo del vidrio del mostrador. Me encontré con una de los viejos en San Bernardo, con otra mía sentado en una hamaca.

—¿Qué hora es? -dije por decir algo.

—Llamá al 113, me saqué el reloj en el taller.

El teléfono inalámbrico no tenía batería. Lo puse en la base y marqué con el manos libres. La luz verde del tubo quedó fija. "18 horas, 15 minutos, 10 segundos," dijo la señorita horas con tono monocorde.

Estiré la mano por debajo del mostrador y, tanteando el interruptor principal, corté la luz sin dudar. El testigo verde del teléfono quedó encendido y la voz de la operadora siguió en el parlante por un momento, hasta que la batería volvió a extinguirse y la oscuridad lo inundó todo. Fue entonces que nuestros ojos se adaptaron a la penumbra, al lustre que venía de las columnas municipales.

El cielo se había nublado y se apretaba contra los edificios. La bruma rozaba los árboles sin hojas y se volvía roja o verde, con el ir y venir de los semáforos. La vereda ancha, el ruido de los coches y el brillo en el asfalto me devolvieron el aire.

No era la primera vez que me quedaba a oscuras. Empecé cuando se murió el viejo, seguí cuando las cosas con Mora empezaron a ponerse mal. Me acuerdo que por esos días no podía ni caminar por la calle. El remanso de la oscuridad y el límite seguro de las vidrieras me dejaban pensar. Después me quedaba a dormir en el departamento de arriba, en casa, buscando los consejos del viejo en algún cassette, en sus libros, en los pósters de bicicletas italianas que nunca pude sacar del living.

—Se cortó la luz -dijo El Negro y siguió tomando café como si nada. —Qué raro en invierno.

—La corté yo -le dije rápido. —Te tengo que contar algo.

—Te gusta Fabiana más de lo que pensabas y te pusiste celoso cuando dije lo de Fede.

Me hizo reír.

—Te conozco hace 30 años, Molina.

—No es eso solo. Te tengo que contar algo más.

El Peugeot 505 de Tito paró de golpe en la esquina. Bajó apurado, serio y cerró la puerta con el auto en marcha, las luces amarillas iluminando la llovizna.

—No te muevas que no nos ve – El Negro me dio su cigarrillo encendido y me hizo señas para que lo escondiera debajo del mostrador.

Con los ojos achinados, Tito corrió al reparo del alero. Sacudió la puerta doble por deporte, de frente al cartel que le decía CERRADO en la cara. Fue de un lado al otro, recorriendo la esquina entera pegado a la vidriera, intentando ver entre las bicicletas amontonadas y oscuras. No conforme, apoyó los cantos de las manos en la puerta principal y luego la cara contra ellas. Quería ver mejor, como si supiera que nos refugiábamos en la oscuridad.

Después caminó hacia atrás en la vereda para tomar distancia, se paró casi en el cordón para ver si las luces de casa estaban encendidas en el piso de arriba. Murmuró algo que no pude descifrar y mis ojos se cruzaron con los suyos sin que lo supiera. Se acomodó el pañuelo del cuello y, resoplando, estiró el pelo hacia atrás con sus dos manos. Subió al auto sin apuro, puso primera y se perdió acelerando por Rivadavia.

—La puta madre, me olvidé del almuerzo.

—Le habíamos dicho que venga.

—Sí, pero vino porque no fui, son las 9 de la noche. Este hijo de puta no le hace caso a nadie.

—¿Te olvidaste del almuerzo? ¿O de Mora?

Otra vez el silencio en medio de la oscuridad.

—Fabiana encontró la etiqueta que me diste adentro de los fasos. Fue sin querer, le tuve que contar.

—¿Le contaste todo?

—Todo no. Pero la tenía sentada en pelotas haciéndome preguntas, no sabía qué mierda decirle.

El Negro no pudo contener la risa. —Difícil sostenerle la mirada con esas tetas. ¿Y qué dijo?

Me sentí seguro con la reacción de mi amigo por primera vez en dos días.

—Le dije que Tito era tu suegro, que Mora es tu ex y que soy yo el que te está ayudando a recuperarla.

—¿Sos pelotudo?

—No sabía qué decirle, fue lo primero que se me ocurrió.

—¿Y Mora?

—¿Qué pasa con Mora?

—¿La llamaste?

—Ya te dije que no.

—También me habías dicho que Fabiana no sabía nada.

—No la llamé, te lo juro.

—Mejor no jurés más. Vas a tener que ir a la iglesia todos los días.

—Perdoname, Negrito, no te enojes.

—No me enojo, si te conozco de memoria.

—¿Sabés que me pareció ver a Esperanza al mediodía?

—¿Quién es Esperanza?

—La monjita linda que vino hoy. Estábamos con Fabiana en la parrilla esa que queda cerca de la parroquia. La vi de lejos; la esperaba un tipo en un auto, venía vestida de civil.

—¿Me podés prender la luz de una vez?

Los tubos titilaron en conjunto y El Negro se desperezó como si hubiésemos salido del cine.

—Presentame a la monjita y salimos los cuatro. Yo no creo en nada.

—Las monjas no pueden andar vestidas de civil por la calle, ¿no?

El teléfono sonó lejos, amortiguado en la oficina. El Negro tocó el botón para atender, sin siquiera levantar el tubo de la base, pero el inalámbrico seguía sin carga.

—Atendé allá que esta mierda no anda de nuevo.

—Molina -dije llegando casi sin aliento.

—El único aparato que atiende con el apellido ¿Corrías? Escuchame corazón, me quedé pensando en vos cuando me dejaste en casa. Gracias por invitarme a almorzar, me la pasé re lindo.

La voz de Fabiana me hizo sonreír.

—Molina es el nombre de la bicicletería.

—Pero yo te llamé a tu casa.

—Es el mismo número.

—Bueno, llamaba para decirte gracias, y que te extraño. Y que estaba justo escuchando un tema que me hizo acordar a vos ¿Querés escuchar?

—Dale.

—Mirá que no es de Julio Iglesias -dijo y le dio play. Su risa se mezcló con el arranque de "Bailando en las veredas".

—Linda. Es de una propaganda de la tele ¿no? Fabi, Bancame que le abro al Negro que se iba, ¿te llamo desde casa?

—¿Todavía está ahí?

—Nos quedamos hablando.

—Pobre, debe tener necesidad. Hablamos mañana, dejá. Me tengo que ir a dormir. Tengo que llevar a los chicos a una excursión en Cañuelas. Salimos a las siete y volvemos a la noche tarde.

—Es un minuto, quedate sin cortar. Subo y te atiendo desde casa.

—Ya sé que no podés vivir sin mí, Molina. Un minuto y corto; apurate que no puedo más.

—Me voy por el taller que tengo llave -gritaba El Negro desde el salón, pero yo ya había llegado.

—Una cosa más -le dije. —Hablá con Fede.

—¿Para qué?

—Para eso de sacármela a Fabiana de encima. Decile que el plan cambió.

—Ah sí, tranquilo. Mañana cuando lo paso a buscar le digo.

Me dio un abrazo y se perdió por el fondo. Cerré los ojos y respiré fuerte, aliviado por primera vez en muchos días. Me olvidé de Fabiana, del minuto que me había dado. Llevé la taza de El Negro a la cocina, también el cenicero. Volví a buscar la plata de la caja y fui apagando las luces del techo de a dos por vez. En lugar de oscuridad y remanso, me encontré con la luz verde del manos libres encendida en el inalámbrico.

12.

Martes 20 de octubre de 1987

—Hola Fabi.
—Soy yo, boludo ¿No te llamó?
—No, no ¿Qué hora es?
—Nueve menos cuarto. ¿Y vos?
—¿Yo qué?
—¿La llamaste?
—Me quedé dormido mirando la tele.

La verdad es que no me había animado ni a levantar el tubo; no fuera a ser cosa que Fabiana justo llamara y le diera ocupado. Me quedé pegado al teléfono en el living, aterrado, tomando café hasta las dos de la mañana.

—Debe haber llegado a cualquier hora; no te quiso joder. Olvidate, no hay forma de que nos haya escuchado -El Negro quería sonar convincente, pero no le salía.

Me cambié rápido y bajé a la bicicletería por la escalera de la cocina.

Apenas salí al salón la vi parada en la vereda. Estaba apoyada de espaldas contra la puerta de la entrada, tomaba de un vaso descartable que sostenía con las dos manos; el humo iba y venía con el aire. Tenía la campera verde enorme del primer día, la de aviador. Los jeans gastados de siempre, zapatillas y un sweater de cuello alto negro que casi le tocaba la boca.

La música del walkman se escuchaba desde adentro, a pesar de los auriculares. Con los ojos cerrados, y de cara al sol, Fabi se hamacaba despacio, con un swing natural, propio. De solo verla bailar se me fue el miedo de golpe, era obvio que no había escuchado nada.

Se sorprendió con el ruido de la cerradura cuando destrabé la puerta, y la risa se le mezcló con el susto cuando me vio de golpe. Me abrazó con un solo brazo y me dio un beso en la boca.

—Me asustaste, boludo -me dijo con gusto a café con leche —¿Por donde entraste que no te vi? Hace media hora que me tenés acá parada -sacó de la mochila una bolsa de papel. —Te traje medialunas.

—No me llamaste ayer.

—Qué querés. El micro paró en la puerta de la escuela a las once de la noche. Entre que saludé a todos los padres y le dije *gracias* a los que nos acompañaron, llegué a lo de Lita a las doce pasadas. Y viste cómo es mi vieja: *No te vas a ir a dormir sin comer, sentate, vení, contame…*

—Bueno basta de hablar. Entremos. ¿No tenés frío?

—Me quedo un rato y me voy, tengo clase a las 11.

El Negro y Fede llegaron cuando acomodaba las medialunas en un plato.

—Mucha mina para vos, Molina -dijo mi primo en un susurro ni bien la vio a Fabi parada al lado del mostrador, después se acercó rápido.

—Ay, dos besos, me olvido. ¿Sabés que tienen un aire ustedes dos? A ver, Fede, ponete al lado de Martín -Fabi cerró un ojo para hacer foco y le dio un mordisco a la medialuna que tenía en la mano. —Mirá, no parecía. Idénticos. De altos -dijo con la boca llena y apretó los labios para no reírse.

—Lo tenemos asumido, mirá la facha que tiene Scaglietti -El Negro había dejado una bandeja con el café arriba del mostrador y se reía con ganas. —Menos mal que iba a otro colegio. ¿O no Molina? ¿Te lo imaginás a Fede de novio con Mora?

El Negro quiso parar de hablar, pero era tan corto el nombre de mi ex que lo único que pudo lograr es que le saliera bajito.

—¿Mora iba al colegio con vos? -Fabi revolvía el café con una cucharita y lo miraba a El Negro directo a los ojos.

—No, no, ella iba al Eucarístico, en Haedo -Fede agarró su café y se acomodó al lado de Fabiana. —Estos dos no salían nunca conmigo, me tenían miedo.

Nunca supe si El Negro había tenido tiempo de contarle que yo ya no quería que Fede se la levantara a Fabiana, o si mi primo solo había contestado con la verdad. Sea como fuera, se conformó con la respuesta.

Fede siguió con un cuento de Italia, prometió, por enésima vez, que algún día nos llevaría y la mañana y el desayuno se fueron pasando.

—Molina, corazón, me tengo que ir -dijo Fabi a eso de las diez y media. Agarró una de las últimas medialunas y se la puso en la boca para ponerse la campera, después se colgó la mochila del hombro. —¿Me acompañás?

Cuando abrimos la puerta, Esperanza llegaba changando la bici vieja. La rueda de atrás se bamboleaba de un lado al otro, como si no tuviese la tuerca trasera.

—Hola Martín -me dijo y resopló.

Parecía una azafata del cielo. A diferencia de los días anteriores, la camisa que usaba por debajo del saquito parecía quedarle más ajustada. La tenía abrochada hasta el último botón, como siempre. Una cruz de madera, atada a un cordón, le hacía equilibrio en medio del pecho. Se había acortado la pollera, o al menos eso me pareció.

—Chau, Molina -Fabiana me agarró la cara con las manos para que la mirara y me dio un beso. —¿Y esta?

—Esperanza.

—Ah, con nombre y todo.

—Es monja, Fabi.

—Cambiame la cara de boludo, entonces -me cacheteó despacio y me dio un beso más.

—Buenos días, hermana -le dijo con cara de buena. —Yo soy Fabiana, la novia de Martín -Esperanza se adelantó para presentarse sin soltar la bici, pero Fabiana ya cruzaba la calle. —Si puedo vuelvo más tarde -gritó y dejó pasar un auto que venía rápido. —Llamame a la noche.

Fede nos esperaba atento como un portero; sostenía la puerta cuando entramos con la bici a cuestas.

—¿Te preparo un café mientras Martín revisa la bicicleta? Así era mi primo: te gambeteaba en una baldosa. Yo solo con la bici, y él con Esperanza. Una distracción, un segundo, te sacaba dos cuadras. Lo hacía siempre, por deporte, aunque fuese con una monja.

Esperanza encaró para el lado del mostrador. Y yo me quedé ahí, con las manos en el manubrio, caminando despacio para el taller.

Subí la bici al banco para revisar la rosca de cerca. La quería ver bien; a veces esos pernos se barren y quedan lisos, sobre todo cuando las bicis son viejas. Estaba perfecta, era solo la tuerca la que se había aflojado. Raro, yo mismo la había apretado el día anterior para poder tensar la cadena. Justo llegó Esperanza con el café en una taza de las grandes; traía otro para mi.

—El señor Federico dijo que seguro quería -me dio el mío y se quedó ahí parada. —Esta tuerca te la aflojaron. ¿Dónde dejaste la bici?

Me miraba por encima de la taza que sostenía con las manos. Tomaba un sorbo largo, se apuró a tragar para poder contestarme.

—Me caí ayer cuando llegaba a la parroquia -dijo y tosió un poco. ¿Puede haber sido por eso? No tenía una en San Pedro y no andaba desde chica. Se me enganchó la pollera con el asiento por la falta de costumbre, no me maté de casualidad. Se bajó la media un poco para mostrarme un raspón justo abajo de la rodilla.

—¿No las dejan usar otra ropa cuando andan por la calle?

—Nooo, no se puede. Qué linda que es su novia. Mariana me dijo que se llamaba ¿no?

—Fabiana. Novia, novia, no sé. Recién nos estamos conociendo, yo me acabo de separar.

—¿Estuvo casado mucho tiempo? -tomó un poco más de café y se me quedó mirando. —Mire Martín que lo que me diga no se lo puedo contar a nadie, está prohibido.

—¿Prohibido por quién?

—¿Por quién va a ser? -señaló al cielo y bajó la cabeza en señal de reverencia, después juntó las manos como si rezara. —Es secreto de confesión. Cuénteme sin miedo, le va a hacer bien.

Su convicción me dio confianza. Empecé a hablar de Mora desde el principio, también del embarazo y del casamiento por civil. Hablé mucho de Tito, mucho. Le conté lo mal que había estado los últimos seis meses y cómo la había conocido a Fabiana.

Cada tanto me llevaba las dos tazas vacías y volvía con más café. Esperanza me miraba con un interés diferente. Me escuchaba con atención y no paraba de hacer preguntas. Se había sentado con las rodillas juntas en una caja de madera llena de repuestos.

—Su suegro se portó mal con usted, como el culo -lo dijo y se puso colorada de repente. Después se hizo la señal de la cruz, cerró los ojos y dijo algo bajito que no se entendió.

Dos veces estuve a punto de preguntarle si alguna vez le habían dado un beso, si había tenido algún novio en el colegio, pero no me animé. Se quedó como dos horas, hasta que Fede vino a buscarme para ir a almorzar.

—Muchas gracias, Martín -me dijo cuando caminábamos para la puerta. —Me quedaría a comer con ustedes, pero el padre Damián me va a matar, tendría que haber estado en el convento a las doce para almorzar con las hermanas.

Le llevé la bici hasta la vereda y se la dejé estacionada en los soportes que teníamos ahí. Como hacía un poco más de calor, Esperanza se sacó el cárdigan y se lo ató por sobre los hombros. Apurada se subió a la bici, pero la pollera se le enganchó con el asiento y se fue cayendo en cámara lenta. Me adelanté a ayudarla y, por agarrarla del brazo, le manché la camisa con grasa. —Me tengo que limpiar, así no puedo volver.

Como no teníamos jabón, la acompañé hasta arriba, a casa; el baño era más cómodo.

—Esta mina tiene las tetas hechas -me dijo Fede ni bien bajé.

—Es monja, Fede. ¿Dónde viste una monja con siliconas?

—¿No la viste cuando se sacó el sweater?

—Sí, la vi, pero tiene corpiño, la camisa cerrada hasta arriba.

—Un corpiño de encaje ¿Dónde viste una monja con corpiño de encaje? Y cuando la saludé, medio que me apoyó y…

—¿Y qué?

—Te das cuenta.

—No se puede saludar a una monja con un beso.

—¿Quién te dijo?

Esperanza justo abrió la puerta de la escalera. Se abrochaba la camisa apurada y tenía la manga limpia, pero empapada.

—Ahora sí, me voy que es tardísimo.

Antes de seguir con los botones, buscó la cruz de madera que se le había colado en el escote. Sin prestar mucha atención a nuestra mirada, se la acomodó por encima de la camisa, después se la abrochó hasta arriba. Fede me miró fijo y solo levantó las cejas. Como siempre, estaba en otra sintonía.

13.

Viernes 20 de noviembre de 1987

La radio arrancó a las seis de la mañana. Me había quedado dormido con la ropa puesta sobre la cama sin abrir. Una bolsa de papas fritas desparramada sobre la colcha, los pedazos aplastados por todos lados. También un whisky a medio terminar en la mesa de luz, el cenicero lleno y un blister abollado de Bayaspirinas.

Prendí la luz del velador, con el cuarto todavía oscuro, y cerré fuerte los ojos para pelear el dolor de cabeza. Caminé hasta el baño y me senté en el inodoro. Por primera vez en mucho tiempo tuve una sensación rara, distinta: estaba pensando en Fabiana.

De repente Mora se había vuelto borrosa, hasta me parecía que estaba contento. Hice café y corté un poco de pan para tostar, dudando de esa alegría. Ya me había pasado otras veces en el último mes, algún chispazo de felicidad suelto por ahí. Después, en la diaria, todo volvía más o menos a lo mismo. Por esos días creo que estaba un poco mejor, pero me sentía más seguro aferrado a lo viejo, no fuera a ser cosa que cambiara, que anduviese muy contento por la vida y todo se volviera malo como antes.

Bajé por la escalera que daba a la calle, abrí la puerta apenas y levanté el diario que me habían dejado en el umbral. Nunca pagué por un diario en mi vida. Mi tía, la madre de Fede, es periodista, trabaja en la redacción de Clarín.

"Viernes 20 de noviembre de 1987" decía la primera hoja arriba de todo. Un mes y cuatro días desde que Fabiana decía que estaba de novia conmigo.

Remonté los escalones rápido, con envión. Era nueva la sensación, sin dudas. Y no era la misma que había tenido el veinte del mes pasado. Ese día cumplía ocho meses, ocho meses sin Mora. Me acuerdo que esa mañana me afeité casi sin mirarme al espejo. Lo único que veía era ese puto número veinte. Lo tenía grabado en la cabeza. Los números blancos grandes, el fondo negro; la imagen del dos y del cero en ese calendario que nos habían traído de Italia y que teníamos colgado en la pared de la cocina. Somos raros, a veces. Todos, digo; la gente, en general. Parece que nos gustara sufrir. ¿Para qué llevamos la cuenta de las cosas malas? "Se murió hace dos años", "Me separé hace diez meses". Siempre con ese conteo macabro. Enfermedades, desgracias, condenas. Los presos cuentan los días de encierro, aunque sepan que no van a salir en su vida.

A medida que pasaban las horas del sábado me convencía más. Para forzar la cosa, me quedé un rato solo en el taller a la hora de la siesta. Con la luz de tubo y "Fuiste mía" en el estéreo, revolviendo en los lugares en los que había llorado. La alegría de la mañana seguía ahí, intacta.

Lo dije mil veces: Mora para mí era todo. Esas últimas semanas era solo ganarle a Tito. Por la revancha, por Lita. Pero sobre todo por Fabiana. De repente, todo tenía que ver con ella.

No hablé con los chicos, cada uno andaba en lo suyo y no había tiempo para nada; los fines de semana siempre eran así. A la hora de cerrar, le pedí a Fede que se quedara. Estas eran las cosas para hablar con él.

—Le voy a contar todo a Fabiana cuando venga -le dije ni bien nos sentamos a fumar en el banco de la vereda. La tarde caía con ese aire distinto del verano. Traía el olor de la pizzería de mitad de cuadra, los escotes, los gritos de los pibes que jugaban a la pelota.

Fede se quedó mirando la calle, los autos pasar y aplastó lo que le quedaba del cigarrillo en el piso.

—Te gusta ¿no?

—No, no es eso solo, si les gusta a todos -se rió de golpe y yo también.

—Con esta mina me di cuenta de que me había olvidado de mí.

—No te entiendo.

—Cuando yo estaba en primer grado, mi vieja me llevaba en tren al colegio. Ya estaba jodida pobre, y le costaba caminar, pero no se quería perder ni un minuto conmigo. Yo apenas leía algunas letras, pero me sabía de memoria lo que decían los carteles pegados a las vías. Jugábamos a adivinar a medida que el tren avanzaba. "A ver lindo, ¿qué dice ahí?", te juro que la estoy viendo. Como yo iba a la escuela a la tarde, algunos días salíamos más temprano y comíamos en la estación: un pancho y un licuado en los locales del andén. Me encantaba ese plan. Nos reíamos mucho con los cuentos de mi abuelo y de mis tíos. No le quiero echar la culpa a Mora, pero nunca más me subí al tren. Viste como es Morita: que los chorros, que esto es una mugre, ¿a quién se le ocurre subirse a un tren teniendo un auto en la cochera? Hace dos semanas le conté a Fabi. No habían pasado ni dos horas que ya estaba otra vez en la estación Liniers. Era sábado, como hoy. A la mañana no había tanta gente, algunos pibes yendo a la colonia, no mucho más. Nos sentamos en uno de los bares. El tipo que atendía pasó el trapo húmedo por el mostrador de acero inoxidable y nos tiró un menú plastificado. Apenas me apoyé, sentí el frio en los brazos. Se me vinieron todos los recuerdos de golpe. El mismo pancho, la mostaza. "Acordate de todo" me decía Fabi. "Ahora el licuado, tomalo despacio." Me puse a llorar como un chico. Te juro que nunca la tuve a mi vieja tan presente. Desde la muerte de mi papá, nadie hizo nada por mí. Me enamoré ese día sin darme cuenta. Me rompió la cabeza.

—¿Y qué más te enamora?

—¿Te parece poco? ¿Viste que Fabi es maestra jardinera? Todos piensan que eso es un laburito. Trabaja todo el día, llega a la escuela a las siete de la mañana, se queda hasta las seis; dos turnos completos. Cuando llega a la casa lava la ropa, ordena y cocina. Corrige los cuadernos de los alumnos de Lita. No tiene un mango, pero está contenta y no se queja nunca. Tiene dos jeans: uno para trabajar y el otro para salir. Vos que estás atento a esas cosas, que mirás la ropa todo el día, ¿te habías dado cuenta? Se cambia el pelo, se reinventa todos los días.

—Igualita que Mora.

—Hija de puta. Cuando la mucama se tomaba vacaciones podíamos estar con la cama sin hacer las dos semanas. Tenía el ropero lleno y no paraba de comprar.

—Basta de Mora. Contame de Fabiana.

—Siempre me había dicho que el padre las había abandonado. No fue así. Ese día del tren me contó la verdad. Me lo decía apretando las muelas, con la mirada perdida en las vías. "Yo siempre fui grandota, así como ahora, como mi vieja. En la escuela era la más alta, siempre las piernas largas, tetona. Mi papa, en cambio, era bajo y flaco. Así chiquito y todo, cuando tomaba se ponía violento".
—Parece que el tipo llegaba tarde, escabiado y quería coger. Ella nunca vio nada, pero aparentemente Lita le decía que no, y este petiso la fajaba

y medio que la obligaba. Pobre mina, se la bancó siempre, le tendría miedo. Hasta que un día Fabiana llegó tarde del colegio, tendría dieciséis o diecisiete, porque me dijo que estaba en cuarto año. "Venía de jugar al vóley, y me lo encontré esperándome en la puerta de casa. No estaba tan borracho, pero se notaba que había tomado. Yo tenía la camiseta apretada del equipo y unos shorts. Me retó por llegar tarde, gritaba. Después me pidió perdón, me dio un beso y me acarició el pelo". —Dejó de hablar y las lágrimas le empezaron a mojar las pecas. Se las secó con bronca con la palma de la mano.

—¡Qué hijo de mil puta!

—Lita escuchó los gritos, lo agarró del cuello, lo amenazó con cuchillo de la cocina. El tipo se fue y no volvió nunca más. Pobre Fabi, lloraba, quería que la abrazara. Tiene bolas, Fede. Nada que ver con Mora.

—Dejala a Mora de una vez, ya está. ¿Sabés lo que te pasa? Te da miedo soltar -aspiró fuerte del cigarrillo y soltó el humo para un costado. —¿Volverías? -dijo enojado. —Si se aparece hoy, acá, y te pide perdón, ¿volvés?

—No, ni en pedo.

—Entonces, acabala. Contale la verdad de una vez.

—Se va a calentar.

—¡Obvio que se va a calentar! ¡Te va a mandar a la mierda! Si le estás mintiendo en la cara.

Le vas a tener que pedir perdón cien veces. Pero si no se lo decís ahora y se entera, cagaste. Y cagaste para siempre.

—Tenés razón.

—Y tené cuidado con la monja.

—¿Qué pasa con Esperanza?

—Andá con cuidado, esa mina es rara.

No hubo tiempo para más. Fabiana cruzaba la calle corriendo como siempre. Estaba contenta, también como siempre. Le dio a Fede un abrazo y a mí me rompió la boca de un beso.

—No sabés lo que te extrañé -me dijo y me dio otro beso más.

—Está lindo acá afuera -se sentó y se ató los cordones.

—¿Qué hacían?

—Nada, hablando, yo ya me iba, me espera una señorita a las nueve -agarró una campera que había traído y paró un taxi que pasaba por Rivadavia.

—Te tengo que contar algo -le dije ni bien nos sentamos. —Te vas a calentar. Mucho. Y lo que te diga me va a salir mal, desordenado. Pero pase lo que pase, lo entiendas como lo entiendas, quiero que sepas que me gustás un montón, que te pido perdón antes de tiempo y que sos muy importante para mí. Fabi, me estoy enamorando.

—¿Sabías que sos un mersa? -se tentó tanto que tuve que esperar para seguir.

—¿Cómo querés que te lo diga? Hoy me desperté así, contento, pensando en vos. De repente me di cuenta que quiero estar con vos todo el tiempo. Que me gusta tu música, las películas esas raras, lo que hacés por mí. Me gustan esos jeans, que estés en zapatillas todo el día. Me gusta porque te gusta a vos, porque es tuyo. Sos vos la que me gustás.

Me agarró la cara con las manos y me dio un beso grande, lindo. —Sos un grasa divino. Yo también te adoro. Decime lo que quieras.

Encendí otro cigarrillo y después ayudé a Fabiana con el suyo. Cerré los ojos, respiré hondo y solté todo el aire para tomar envión. Le pregunté si se acordaba bien de la mujer de El Negro. Si se acordaba del tiempo que habían estado casados. Fabi me miraba, decía que sí con la cabeza. Cruzada de piernas sobre el banco, soltaba el humo para arriba de vez en cuando. Le hablé del plan, de mis etiquetas.

—En realidad el que estaba… -paré de golpe. Dejé de hablar porque un taxi estacionó justo frente a nosotros.

Mora bajó del auto despacio y el aire ese del verano me trajo el perfume de siempre. Me levanté del banco rápido y Fabiana conmigo. Mora se acercaba por la vereda ancha, acomodándose el pelo con una mano, la otra en la correa del bolso que tenía colgado del hombro.

—¿Qué hacés Martín? Te queda lindo este look nuevo -se acercó para tocarme el pelo, pero le corrí la cara. —Encantada, Mora López Audet -dijo como si nada. Fabiana quiso decir su nombre, pero no tuvo tiempo. —No hace falta que te presentes, gorda. Ya sé bien cómo te llamás. Me cuenta mi padre que vos sos la groncha que se coge a mi marido.

14.

Viernes 20 de noviembre de 1987

Fabiana bajó la cabeza y se llevó las manos a los bolsillos; había recibido el golpe de lleno. Mirando el piso, raspaba una zapatilla contra la otra, torcía la boca y se mordía los labios, quería procesar de alguna manera. Mora, en cambió, se paraba bien derecha, la sonrisa dibujada. Era bastante más baja que Fabiana, pero los tacos la dejaban justo a la misma altura. Tuvo un momento de gloria pero fue eso, un instante nada más. Hasta que Fabi pudo salir del trance en el que estaba. Levantó la cabeza de golpe y dio un paso hacia adelante. Entonces las dos quedaron frente a frente, como en el aviso de una pelea de box.

—Me lo cojo todo lo que puedo -dijo sin gritar y me agarró la mano; la tenía fría, húmeda. —Voy a ser la madre de los hijos que vos nunca pudiste tener -Mora quiso sostenerle la mirada, pero la boca le empezó a temblar sin control. Le salió un "hija de puta" débil, atragantado y las lágrimas se le escaparon de golpe. Apurada por irse dio media vuelta y el bolso de marca le golpeó la espalda. Los tacos de la entrada triunfal, ahora dudaban en cada baldosa; la vereda se le hizo larga, eterna. Al llegar al cordón, cruzó la calle sin mirar y un auto tuvo que frenar de golpe para no atropellarla.

Fabiana me soltó la mano apenas la perdimos de vista. Agarró la mochila vieja y se la colgó de un hombro; con el envión arrastró al piso el paquete de cigarrillos que había dejado en el banco. Nos agachamos juntos a buscarlos. —No te hagas el bueno -me dijo mirándome a los ojos. No parecía enojada. Se acomodó la remera, se subió un poco los jeans y mirándose en el reflejo de la vidriera, volvió a atarse el pelo. Como si fuera un día cualquiera, uno más de los últimos tres meses, se fue por Rivadavia caminando despacio hasta la parada del colectivo. Y ahí se quedó, apoyada en un poste de luz hasta que el 182 le abrió la puerta.

Me senté en el banco vacío ni bien la vi subir y a mi también se me escaparon las lágrimas. El llanto de manual, igualito al de las películas: el protagonista se da cuenta que se equivocó cuando ya está todo perdido. Faltaba nomás que lloviera fuerte y yo me quedara sentado ahí, mojándome para sufrir.

Que pelotudo, pensé. Una sola condición me había puesto, una sola: que le dijera la verdad. Hacía diez días que estábamos juntos, dos semanas máximo. Me acuerdo que nos habíamos quedado en casa a cenar mirando la tele en el sillón.

—Yo venía de salir con un tipo más grande, bastante más grande que vos; años me tuvo con el verso -Fabiana movía mucho las manos para hablar. —El cuento típico: estoy recién separado, pero vivo con mi mujer solo por un tiempo. Hasta que los chicos se hagan a la idea. Pasaron los meses, tres años estuve esperando y los pibes se ve que mucha idea no se hacían -sacudió la cabeza y dejó que le encendiera un cigarrillo.

—Fabiana la inteligente, la que se las sabe todas. Grandota pelotuda. Me la agarro con los nenes y la que tenía cuatro años era yo -dijo resignada y soltó el humo para el costado. —Y viste corazón cómo son las cosas: toda la vida criticando a mi vieja y yo haciendo exactamente lo mismo. En el fondo todas sabemos que nos están vendiendo un buzón, que es todo verso. Pero miramos para otro lado, nos hacemos las tontas. No lo queremos ver. Sin darte cuenta te aferrás al cuento de hadas, a la ilusión de formar una familia. Si hasta la pelotuda de Cenicienta cayó en la trampa ¿o no? -sin esperar respuesta, se rió sin ganas. —Una noche íbamos con el auto por Libertador, un miércoles de junio, nunca salíamos los fines de semana. Sin dudar me bajé del auto en un semáforo, ni miré para atrás, hasta dejé la campera. ¿Vos te pensás que corrió a buscarme como en las películas? ¿Qué me llamó a casa algún día?

Después de eso dije "nunca más". Y estuve sola bastante, como un año. Salía con alguno que me presentaban, me sacaba las ganas de vez en cuando, estuve menos de un mes con ese cagador al que le robé la campera, pero con la canilla de los sentimientos cerrada, con la vida en punto muerto. No vaya a ser cosa que vuelva a sufrir. La mayoría de los fines de semana prefería quedarme con Lita mirando la tele, a veces hasta iba a cenar con ella y con Tito. Tremenda grandulona y me quedaba en casa con mi mamá.

En octubre me llama la directora del colegio y me dice: "Fabi, los chicos de quinto año te eligieron para que los acompañes al viaje de egresados. Si querés ir, van a Bariloche, tenés todo pago." Y la verdad es que mucho que hacer no tenía. Fuimos tres maestros y también algunos padres. Y con ese grupo vino un tipo de nuestra edad, de la tuya en realidad, yo soy bastante más joven -se rió sola al incorporarse en el sillón y se le marcaron los abdominales de la panza. Aplastó el cigarrillo en el cenicero y volvió a recostarse. —Ángel se llamaba, tenía bien puesto el nombre. Era el papá de una chica bajita y de rulos, a la piba le costaba relacionarse con las demás. El tipo era viudo, no había pasado ni un año desde la muerte de su mujer. A pesar del panorama parecía feliz. No te digo contento, pero siempre con una sonrisa, cordial, bien predispuesto. Traeme un poco más de Coca, sé bueno. Y ¿viste cómo son esos viajes donde la gente no se conoce de nada? Que hablás con el que tenés al lado como si lo conocieras de toda la vida. Bueno, yo andaba todo el día con este Ángel. Nos sentábamos juntos para cenar, en el micro mientras los chicos gritaban y se tiraban cosas; él me contaba sus dramas, yo los míos. Una noche nos quedamos en el bar del hotelucho ese en el que estábamos. Me acuerdo que nos tomamos dos botellas del único vino blanco que vendían, hablando de la vida hasta las tres de la mañana. Al final del viaje, la noche en la que volvimos nos dimos un beso en la puerta del colegio y empezamos a salir. Pero no era lo mismo, la ciudad es brava.

—La ciudad de la furia, dicen esos de Soda que te gustan a vos.

—Muy bien, Molina. Se ve que estás mejorando -tomó la Coca Cola y esperó a que el gas la dejara poder seguir.

—Cuando estás de viaje sin la rutina, las cosas parecen más simples. Y la verdad que la situación no era la más fácil. Complicado el temita desde el vamos. La chica sin mamá, el tipo con el armario lleno de la ropa de su mujer y yo en el medio. Te juro boludo que estaba lista para el desafío. Y eso que en la diaria me bancaba todos los dramas de golpe. Los celos de la chiquita, *acompañame al cementerio que hoy hubiese sido su cumpleaños* y yo organizando un fin de semana en Mar del Plata.

"No estoy listo", me dijo un día, así como de la nada. Salíamos del supermercado con el carro lleno y del shock casi le pego a un auto. "Te adoro con el alma," me decía Ángel en el medio del estacionamiento y tartamudeaba. Yo parada ahí mirándolo, las manitos así en el manubrio o como mierda se llame la manija esa del carrito. Le pedí que se tranquilizara, que cargáramos las cosas y nos sentáramos en el auto. Lloraba, pobre y metía botellas en el baúl. "Venía bien, controlando", me dijo ni bien se sentó en el volante. "El problema es que ahora te quiero demasiado", bajó la cabeza y así se quedó. "No puedo perder a nadie más", me dijo después de un rato. Me quedé muda y me acarició la cara, despacito. "¿Qué hago si te pasa algo? o ¿si me dejás de querer?" Me lo decía sin congoja, pero las lágrimas le salían solas.

Me dejó en casa, se bajó del auto para abrirme la puerta. Cuando la saludé con un beso me dio un abrazo largo y me pidió perdón.

—Pobre pibe. Pobre vos.

—Yo le dije gracias. Te digo algo, amor. Ese día aprendí algo. A no pensar nunca como Ángel. A no seguir pensando como pensaba hasta ese día. Porque yo también venía regulando, no quería sufrir. Desde ese día yo me mando. No solo con esto entre vos y yo, con todo. Voy a fondo, aunque me dé la cara contra la pared. ¿De qué sirve andar a medias? Pobre Angelito, yo lo entiendo; perderlo todo de golpe no debe ser fácil, lejos estoy de juzgarlo. Pero yo no voy a perderme la vida por miedo. A mi no me pasó nada, a vos tu historia con tu ex ya ni te importa.

Me la quedé mirando y no pude decir nada.

—¿Qué? ¿No nos queremos? ¿No estamos bien? Vamos a fondo, Molina ¿que decís? ¿Con la verdad y a fondo?

15.

Viernes 4 de diciembre

Como todos los mediodías y con la bicicletería cerrada por dos horas, almorzábamos los tres sentados en el mostrador. Con el cambio de estación el sol ya se metía por las vidrieras del costado y llegaba, casi, hasta la mitad del local. La de almorzar ahí era una costumbre de antes, de toda la vida. Se la había inventado mi viejo para no estar solo. Nunca cocinó nada, ni siquiera café sabía preparar. Cuando se murió mi mamá, ya no quiso usar más la cocina, mucho menos subir a casa para almorzar. Le pidió al padre de El Negro, que trabajaba a la vuelta y era su amigo, que lo acompañara los mediodías. Fue así que yo me crié con mi amigo, como si fuera mi hermano. Jugábamos en la calle en verano, en invierno adentro con las cosas del taller, sentados en ese mostrador cuando volvíamos juntos de la escuela para almorzar. Fue por esa compañía incondicional que el viejo quiso que El Negro tuviera una parte del negocio. Para honrar ese legado, siempre seguimos con la tradición. Por nosotros, por nuestros viejos.

Todos los lunes nos preparan un menú para la semana; tenemos platos, vasos y cubiertos. Pero no paramos para comer y nada más. Para nosotros esas dos horas son una excusa, el momento que El

Negro, Fede y yo nos inventamos para hablar de lo nuestro, para soltar los problemas y ayudarnos de alguna manera. Comemos juntos con un propósito, en sesión. "La sesión del remedio" le puso Fede el día que se sentó por primera vez. Y el nombre le quedó. Lloraba, pobre. Me acuerdo que se acomodó en la punta del mostrador; le temblaban las manos cuando le trajimos el café. Tartamudeaba y no sabía muy bien por dónde empezar. Como pudo nos contó lo que ya sabíamos desde hacía rato, lo que no se animaba a decirle a su papá.

A la una en punto el mantel a cuadros se estira religiosamente. El pan lo compra El Negro a la mañana y Fede pone la mesa. Clarita, la cocinera del viejo de siempre, una señora que trabaja en su casa, nos trae la comida quince minutos después.

Durante ese rato no estamos para nadie, ni siquiera atendemos el teléfono. Los clientes saben que esas dos horas son nuestras y hasta piden perdón si encuentran la puerta trabada y nos ven ahí sentados.

Por esos días el comité solo sesionaba para mis problemas. Durante esas dos semanas solo hablábamos de Fabiana, de Mora y de Tito, de lo que podría haber pasado, de lo que hubiese sido mejor que pasara de ahí en más.

—Y, si tenemos en cuenta el quilombo en el que estás metido, mejor hubiese sido que le contaras antes -El Negro hablaba con la vista fija en el plato. Comía lo que más le gustaba: vacío al horno con papas. —Nos hubieras evitado estas dos semanas de tristeza mortal que nos invade a todos -siguió diciendo. —Fabiana estaría perdidamente enamorada de vos, ya hubiéramos hecho la fiesta y hoy podrías estar de luna de miel en el Caribe -hizo un corazón con las manos y se tentó.

—Dale, Negro, estoy hablando en serio.

—Yo también, yo también -El Negro no sabía si masticar o reírse. —Pero el señor hizo lo que quiso y acá estamos. La culpa es mía. A mí solo se me ocurre armar un plan en el que vos tengas que mentir.

—¿Sos tarado? Si el único problema es que mentí -yo pinchaba con bronca la lechuga de una ensalada. Estaba mucho más flaco, casi como Fede, me tenían a dieta los días de semana y a la tarde iba al gimnasio, era parte del plan original.

—Mentir tus sentimientos, Molina. El plan era que la quisieras a Fabiana, pero de mentira. Que le hicieras creer que eras el novio. Acá somos pocos, tres nada más y todos sabemos que le mentiste, si me mentiste a mi primero ¿O no Fede? -Fede dijo que sí con la cabeza sin dejar de mirar la revista que hojeaba. Comía la misma ensalada que yo. —La idea era fabricar una trampa para que Mora se pusiera celosa. Te enamoraste a los dos días, Martín. No aguantaste ni una semana. Lo peor de todo es que ahora no sabés con cuál de las dos quedarte.

—Eso no es verdad -retruqué rápido, con la determinación del que no está del todo convencido. —Te estoy diciendo que ahora quiero estar con Fabiana, que Mora ya fue.

—¿Estás seguro? ¿Y si te digo que Mora está celosa de Fabiana? ¿Qué le dijeron que era una bomba y que vino a cuidar territorio?

—¿Vos decís que está celosa?

—¿Para qué querés saber si no te importa? ¿A qué vino? ¿A comprar una bicicleta? -El Negro cerró los ojos y sacudió apenas la cabeza. —Si me hubieras hecho caso. Era el plan perfecto, ni una falla tenía. Pero se te aparecen perfumadas, te muestran una tanga y cagamos.

Me hizo reír.

—Te lo digo en serio ¿De qué color era la tanga?

—¿Cuándo?

—Al principio de todo, en el telo, el día que te encontró la etiqueta en el paquete de cigarrillos.

—De leopardo.

—No te digo.

—Es que el leopardo me puede.

—A vos te puede cualquier cosa. La tanga de leopardo, que use zapatillas. Fede, ¿cuántas veces te dijo que le gustaban los jeans y las zapatillas de Fabiana?

Fede ahora jugaba con la comida. —Cuatrocientas cincuenta y tres.

—¿Y que el perfume de Mora es genial?

—Eso ya no lo digo más.

—¿Sabés cuál es el único problema que tenés? -El Negro esperaba una respuesta, no me sacaba los ojos de encima. —Vos no podés estar solo, Martín. Ese es el problema -ahora me señalaba con el tenedor. —Yo te conozco bien, cualquiera de las dos te da lo mismo. Te digo más. Hoy por hoy, así como están las cosas, Mora está un poquito por arriba.

—Y cuidado con la monja que está tercera - Fede había terminado de comer, juntaba los platos para llevarlos a la cocina. Andá a pedirle perdón a Fabiana, haceme caso.

—La llamo todos los días, no me atiende el teléfono. Fui a la casa, hablé con Lita, la esperé a la salida de la escuela. Sabés lo que me dijo el portero de la 24 el otro día: "Olvidate, pibe. Ya fue."

—Tenés que seguir intentando. Si yo tuviera que elegir, me quedaría con ella diez veces. Mora es mala. *Sorry* que te lo diga así, pero ahora que te la pudiste sacar de encima, mejor tenerla lejos.

—A mi nunca me cagó -dije eso y los dos se me quedaron mirando. —¿Sería mejor que me hubiese cagado? Y, sí. Me la hubiese sacado de la cabeza de golpe. No hubiésemos hecho un plan, no le hubiera mentido a nadie. Pero Mora no me cagó. No me consta ¿Ustedes la vieron? Y ya les dije. Mora ya fue, ya está. Yo quiero volver con Fabiana.

—Si vos querés mirar para otro lado, todo bien. ¿Qué hacemos con el sobre que te dio? ¿Con los papeles del divorcio? ¿Subimos ahora y los firmás? Dale, Martín, no te engañes. Vos sabés bien que lo dejaste metido entre dos libros para no verlo; pensás que así tenés alguna chance -El Negro hablaba cada vez más alto. —¿Te olvidaste que no tuviste los huevos para preguntarle si estaba con otro tipo?

—Termínenla, a los dos les digo -fue la primera vez que Fede levantó la voz.

—Hay una sola forma para que se saque las dudas de golpe. Yo voy a ir a la casa de Fabiana; ahora la llamo para coordinar. Le voy a decir la verdad: que Martín está arrepentido, que está muerto con ella y que Mora vino justo en el momento en el que le iba a contar todo. Vos Negro, lo llamás a Tito. Quiero que piense que todo está como siempre. Decile que Mora tiene que venir a verlo a Martín.

—¿Para qué querés que venga? -me salió de golpe; a Mora la quería lejos.

—Si tanto te gusta Fabiana como vos decís, te vas a tener que bancar la presencia de Morita. La petisa va a venir a dar pelea, a romper todo, está herida. Por otra parte, tenemos que tener cuidado con Tito. Si el tipo llegara a percibir que lo tuyo con Fabiana está roto, cagamos.

Le dije convencido que Fabiana no le iba a contar nada. No solo por mí, por Lita, para cuidarla.

—Es buena gente Fabiana -Fede tenía un temple superior. Con un grito a tiempo y dos consejos oportunos, podía controlar cualquier reunión; la gente lo escuchaba. —Lo necesitamos a Tito asustado como hasta ahora. Martín necesita a Fabiana de su lado, a Mora celosa. Quiero que tenga todo el abanico -lo miro al Negro directo a los ojos. —Ni vos, ni yo, podemos decidir por él -El Negro tenía el ceño fruncido y masticaba un pedazo de pan que había quedado en la mesa. Asintió apenas; no parecía muy convencido. —A la larga, nene, es tu vida -me apoyó la mano en el hombro. —Sos vos el único que tiene que decidir con cual de las dos quedarse.

—¿Qué decís?

Dije que estaba de acuerdo. —Andá a verla a Fabi, me hacés un favor grande. Ella con vos tiene buena onda.

Fede puso una sola condición. —No podés contarle nada a la monja.

—Tranquilo -dije y me levanté a buscar café.

—Mirame cuando te hablo -golpeó el mostrador con la palma para llamar mi atención. —No le cuentes nada.

16.

Sábado 5 de diciembre de 1987

Me levanté temprano al otro día. El tiempo había cambiado de golpe, llovía bastante y el viento sacudía de a ratos la ventana de mi cuarto. Corrí del todo las cortinas –no quería prender las luces– y me senté en la mesa de la cocina a esperar que se hiciera el café. Hacía dos semanas que solo me movía entre mi casa y la bicicletería. Y salvo las veces que había ido hasta lo de Fabiana, o caminando a buscarla como un loco por los pasillos de la 24, lo demás había sido en esos dos pisos. Era Fede el único que me sacaba un poco a la tarde con esa obligación, con la excusa del gimnasio.

—Perdón si te hablé mal ayer -me dijo El Negro ni bien pisé la bicicletería. Había lavado la cafetera y la secaba con un repasador de los grandes. —Alcanzame el café que preparo, te compré vigilantes de los buenos -movió la cabeza para que mirara el paquete envuelto en papel manteca que había dejado sobre el mostrador. —Sábado, hermano. No hay dieta hasta el lunes.

Así era mi amigo: se calentaba fácil, pero el enojo se le iba casi con la misma velocidad.

—Yo también estuve mal. ¿Sabés que pasa, Negro? Yo ya sé que Mora está loca, que es jodida, pero nosotros tenemos una historia ¿viste? Ustedes tienen razón, fue ella la que no quiso más, la que me rajó de casa. Pero cagarme no me cagó, de eso estoy seguro. ¿Quería cagarme? ¿No se animó? ¿Le gustó un pibe y me dio salida? No sé.

—No sabemos.

—¿De verdad lo tenés tan claro? ¿Te la encontraste en un telo? ¿La viste apretando en algún lado? ¿Vos pensás que yo no tengo dudas? Le revisé todas las carteras, los cajones, el auto. No encontré nada, ni un teléfono anotado en un papel. No la vi nunca con nadie, nadie la vio. Y eso que parece tan simple, tan pelotudo, es lo único que la deja con alguna chance. Porque a mí me gusta, yo la quiero.

—Te mata.

—¿Sabés qué pasa? Nosotros tenemos un pasado, crecimos juntos. Perdimos cuatro embarazos; dos muy jodidos. Esas cosas te juntan. Al principio, y te hablo cuando recién nos casamos, recién mudados, a las dos semanas del raspado de mierda ese; todavía tengo metido el olor del Pervinox y pasaron quince años. Mora se la bancó solita. La madre ya sabés como es, no venía nunca. Era chiquita, Negro. Y empujaba sola. Me tenía a mi asustado; acordate que mi viejo se había muerto hacía poco. Era mi mujer, mi vieja, discutía con el padre por mí. A vos no te voy a contar todos los miedos que sigo teniendo. Vos sabés bien que yo me puedo quedar guardado, sin hablar con nadie, tres días seguidos. Que me escondo en el silencio, que me guardo en mi casa, que todo lo que no se puede resolver inmediatamente, me pone nervioso, me desborda. Mora me ayudó mucho con eso. Se quedaba despierta toda la noche, dejábamos la tele prendida, me hablaba. Si no hubiese sido por ella, no sé donde hubiera terminado. Muchas veces pensé en pegarme un tiro, te lo juro. Yo estaba muy mal. Después las cosas fueron pasando. Cuando nos resignamos a no poder tener chicos, empezaron las peleas, las frustraciones y todo se fue diluyendo de a poquito. O ella se cansó primero, no sé.

—Yo te veo un poco mejor. Fabiana te hizo bien.

—Disimulo, muchas veces disimulo. Pero sí, estoy mejor. Fabi es un cohete, empuja, se ríe, te ilusiona.

—¿Entonces?

—La cabeza me traiciona. Yo me quedé con Mora la de antes, la que te cuento, la tengo idealizada. Tampoco como vidrio. Cuando estoy frío, reflexivo, cuando puedo despojarme de la historia y pienso en la Mora de hoy, te juro que no la puedo ni ver. Ayer a la noche pensaba para qué mierda quisiera volver. ¿Para pasar la nochebuena con Tito? ¿Para que me lleve de vacaciones y me diga lo que tengo que comer?

—Eso. Miremos para adelante. Mora ya está, se acabó. Me termino el café y lo llamamos a Tito -El Negro sonrió.

—¿Estás más tranquilo? ¿Viste el frío que hace? Dos días duró el verano. Te digo algo, Fede tiene razón. Que venga Mora a verte es una prueba de fuego para vos. Tenés que probarte a vos mismo, ver lo que nosotros vemos. A Mora la conocemos todos muy bien; no quiere perder nunca. Va a venir, y va a venir con todo, a fondo. Si te la bancás, no quedan más dudas: es Fabiana.

—¿Y si no?

—Y si no dudaras sería mejor. Yo estoy con Fede; para mí Fabiana es tu mejor opción. La otra cara de la moneda. Una piba como nosotros, simple, buena, le caigo bien y hasta te deja venir a casa. Amalia dice que es una divina, hasta mis chicos la quieren. Vos ya sabés lo que yo pienso, pero es tu vida. Y lo que elijas, para mi siempre va a estar bien. Tomate el café, dale. ¿Llamo?

—¿Qué le vas a decir?

—No sé, lo primero que se me ocurra.

—¿Cuándo le vas a pedir que venga?

—Qué sé yo, Martín. Voy a tratar de que el retardado de tu suegro se sienta a riesgo. Después dependemos de él; la tiene que convencer a Mora. Puede ser hoy, mañana, nunca, cuando se le cante. ¿Querés que venga o no?

Dije que sí con la cabeza y El Negro tomó tono con el manos libres, marcó el número sin levantar el tubo. La línea sonó tres veces.

—Familia Lopez Audet, buenos días.

—Buenos días. El señor Lopez Audet por favor.

—El señor está desayunando ¿Le puedo tomar el mensaje?

—En realidad, no. Es un tema medio urgente ¿Cómo era su nombre?

—Corita, señor.

—Corita, qué lindo nombre. Hágame un favor, Corita. Le puede decir al señor que lo llamo por un asunto que tiene que ver con él y con su hija Mora.

—Aguárdeme un segundo por favor. ¿De parte de quién?

—De parte de Vaccaro, dígale.

La línea quedo muda un momento, pero lo suficiente como para que El Negro se sirviera más café y rellenara también mi taza.

—Hola Negro, soy Mora. ¿Qué pasa conmigo?

—Mora Lopez Audet. La diosa a la que nunca le pasan los años. ¡Qué suerte que te encuentro! En realidad era a vos a quien buscaba -El Negro me guiñó el ojo y tomó un poco de café. —Acabo de llamar a tu casa y como la mucama me dijo que no estabas supuse que podías estar ahí.

—Qué bien me conocés, me escapo de mi propia casa. No me la banco. Cómo habla, el perfume berreta, que me cuente que no pudo llegar temprano por el barro que tenía en la puerta de la casa. Y el ruido de la aspiradora, por Dios. No se puede leer, no podés ver la tele, hablar por teléfono ¿A vos no te pasa? Me vine a dormir acá para no verla. Queríamos salir temprano con el barco de papá, pero con este día vamos a tener que suspender, almorzar en el Náutico ¿Cómo van tus cosas? ¿Qué necesitabas?

—Te cuento rápido porque Martín no sabe que te estoy llamando y puede volver en cualquier momento. Quería avisarte que se peleó con la novia, que está solo otra vez.

—¿Y por qué debería importarme eso a mi?

—Morita, somos grandes y, como vos decís, nos conocemos bien. ¿Para qué viniste hace dos semanas? -mi amigo esperó un momento para forzar una respuesta, pero como Mora no decía nada siguió. —Vos estarás pensando: este Negro hijo de puta me quiere cagar, hay algo que no me está contando. No te voy a mentir, yo siempre estoy de lado de Martín, siempre. Pero por otro lado veo que te extraña, se la pasa hablando de vos y yo lo único que quiero es que esté contento.

La línea quedo en silencio otra vez y El Negro se llevó el índice a la boca para que yo no dijera nada. Pasaron dos segundos, tres, cuatro.

—Lo vi distinto a Martín, la verdad -dijo Mora por fin y tosió incómoda. —Muy flaco, me enteré por ahí que está yendo al gimnasio, el pelito con onda. No sé, como más seguro, con otras ganas.

—Llamalo, en media hora debería andar por acá. Preguntale cómo anda, hacete la boba, eso a vos te sale bien.

—Tampoco te pases, Vaccaro.

—Te lo digo bien. Lo que quiero decir es que no tomes las riendas de la situación. Dejalo que hable, dejalo que te invite.

—Bueno veo. Si tengo tiempo antes de irme, lo llamo. Beso, bye -dijo eso y cortó.

El Negro tocó el botón del manos libres, levantó el tubo y se aseguró que la comunicación estuviera cortada.

—Preparate Molina -se reía. —La petisa te llama en una hora máximo, te lo garantizo. Se va a hacer la pelotuda, tal cual yo le dije, como si el otro día no hubiese pasado nada. Seguile la corriente, preguntale cómo anda, invitala a comer. No vayas a cenar afuera, cocinale algo en tu casa, dale gin tonic que le gusta, quedate guardado.

Con un vigilante entre los dientes, dos más envueltos en una servilleta de papel y otro café, me fui solo al taller. No tenía mucho que hacer ahí, pero quería estar lo más lejos posible del teléfono. El Negro iba y venía con las bicicletas listas para entregar, yo acomodaba las herramientas por tamaño en el tablero y las tuercas por medida en sus cajas.

—Qué manía esa del orden, Molina, por dios -me dijo a la pasada. Le grité que era para encontrar las cosas más rápido y se rió. No podía ver las herramientas desordenadas, tampoco las tazas en la cocina, ni siquiera los libros en la repisa de casa. Desde que vivo solo, eso sí se puso peor. Ahora tengo una tara con los cuadros, quiero que estén derechos, perfectos.

Ni bien terminé con las herramientas, destrabé el portón y lo abrí de par en par. Entré el diario que habían dejado embolsado como todos los fines de semana y conecté la manguera del inflador al compresor; los chicos pasaban por ahí los sábados y domigos solo para inflar. Me puse a barrer la vereda mojada hacia la calle. Ya no llovía, pero se había llenado de hojas con la tormenta.

Desde la calle escuché el teléfono sonar a las once y media clavadas. Me quedé paralizado en el lugar, con las manos en la escoba y una pila de hojas acumuladas cerca del cordón.

—Martín -me gritó El Negro desde adentro. Como yo no me movía, insistió otra vez. —Martín, teléfono. Vení que es para vos -avancé despacio arrastrando la escoba por las baldosas. Me zumbaban los oídos. El Negro estaba sentado en el mostrador, el tubo apoyado en la base, la luz roja del manos libres encendida. Me corrió uno de los bancos para que pudiera sentarme. Yo solo pude apoyar las manos en el mostrador. Me salió un "hola" afónico, débil.

—Hola Martín -dijo Fede por el parlante cansado.

—Estuve con Fabiana ¿les cuento?

17.

Sábado 5 de diciembre de 1987

—Acabo de volver de su casa -arrancó Fede entusiasmado.

—Me fue bien. Escuchen esto: me invitó a desayunar -hizo silencio por un momento, esperando una reacción de nuestra parte. El Negro me miró y se encogió de hombros. —No se dan cuenta ¿no?

—¿De qué?

—Que me haya invitado a desayunar a su casa quiere decir que pensaba acostarse temprano la noche anterior.

—Fede, todos los sábados se levanta a las siete, tiene que ir al club -me senté frente al Negro. —Entrena con unas amigas, tiene que estar descansada.

—¡Qué descansada! Cualquier mina sin novio sale de joda el viernes a la noche; tiene veinticinco años. Ni piensa en descansar, duerme tres, cuatro horas y va igual. Esta piba está triste, se le nota en la cara, en el tono. Llegué a las nueve y media, como habíamos quedado. Me recibió la madre en la puerta, me olvidé el nombre -El Negro dijo Lita. —Lita. Simpática, muy simpática; se ve que tuvo su momento. Ni bien abrió la puerta me pidió que le trajera el diario que le habían dejado en el buzón.

—Está obsesionada con los avisos fúnebres, los lee de punta a punta. Dice que todos los días se le muere un conocido –le dije.

—Me contó. Después me dijo que Fabi se la pasa llorando, que no quiere ni comer. Se ve que te quiere, hablaba bien de vos mientras me llevaba hasta la cocina.

— ¿Por qué? ¿Qué te decía?

—Qué eras buen chico, que lo que habías hecho no era para tanto; no entiende cómo Fabiana no te perdona de una vez -Fede se reía. — Todo eso lo decía bien fuerte para que tu novia lo escuchase. Dijo también que nos parecemos mucho, que vos y yo somos idénticos. ¿Vos te das cuenta del privilegio que tenés? Pensar que antes de la dieta y del gimnasio eras un gordito con un primo fachero. Se quejaba del calor, de la edad, de la menopausia; casi me muero. Yo tenía un pañuelo atado al cuello, ¿vieron que está bastante frío el viento? Como no me lo sacaba y ya estábamos adentro, no va y me dice. "Nene sacate ese echarpe que me das calor."

—Dale, Fede ¿Qué más?

—Me habló de unas cartas. ¿Le mandaste cartas? -dije que sí con la cabeza, hice un cuatro con la mano y El Negro revoleó los ojos.

—Contame de Fabi.

—De entrada hablamos del tiempo, de cómo estaba, de las giladas típicas para romper un poco el hielo ¿viste? Lita aparecía cada diez minutos con cualquier excusa, quería escuchar. *Querido, tomate otro café, compré medialunas.* Fabiana la rajó y cerró la puerta. Ahí le dije que estabas arrepentido de verdad. Y después que te sentías muy mal por haberle mentido. Me preguntó si la bicicletería era tuya y por tu vieja, quería saber si era verdad que había muerto.

—Nunca le hubiese mentido con eso.

—Eso mismo le dije yo. Después empezó con Mora. "No puedo creer que Martín se haya enamorado de una mina así, tan hueca, tan forra". Enojada lo decía, y yo dejé que se descargara. Me contó lo que había pasado en la bicicletería como si yo no supiera. Lo que Mora tenía puesto, los tacos, el bolso, lo que le dijo, lo que le había contestado, todo como si lo hubiese anotado. Te puteó un poco también.

—¿Mucho?

—Bastante, pero no pasa nada. Me dijo algo importante, eso sí. Dice que Mora fue a verte en ese momento, porque sabía que ella estaba ahí. Qué fue solo para armar el quilombo que armó. No sabe bien cuál puede ser la razón, pero dijo que fue atando cabos en estos días. Me contó que esa misma mañana, la del día que te dejó, había escuchado a Tito hablar con su secretaria por teléfono.

—Siempre hace lo mismo.

—Sí, pero esta vez cortó y marcó otro número. "Hablaba con Mora, estoy segura," me decía bien pegada para que su madre no la escuchara. "Y él le pidió que se encontraran en la oficina". Dice que le decía: "tranquila, mi vida, yo te voy a ayudar."

—¿Vos pensás que la mandó Tito?

—No pienso -dijo Fede. —Estoy seguro. Un hijo de puta del calibre de tu suegro solo le dice "mi vida" a su hija. Ahora, ¿Para qué te quiere peleado con Fabiana? No sé.

—Bueno, pensemos -dijo El Negro.

—Pensemos, sí -dije yo también. —Pero mientras pensamos contame qué va a hacer Fabiana conmigo.

—Ya te perdonó, pero tiene que decantar. No creo que te llame, tampoco que vaya. Dale unos días y andá a verla a su casa el miércoles, el jueves. Mejor el jueves.

El Negro quería preguntar algo más, pero paró de golpe. Cortó la comunicación con el botón y me hizo un gesto con la cabeza. —Te buscan -me dijo.

Esperanza había entrado por el portón del taller, tenía la ropa toda mojada.

—Vine para inflar la bici y mirá cómo quedé. Me agarró el agua en la mitad.

—Sentate -le dijo El Negro y le ofreció su asiento. —¿Te sirvo un café?

—Si no les molesta quisiera pasar al baño un momento.

—Debés estar helada ¿Por que no subís a mi casa como la otra vez? -le dije y señalé la escalera.

El Negro me miró raro. —En este baño no hay toallas, arriba tengo de todo, podés usar el secador de pelo si querés.

Esperanza no lo pensó dos veces y remontó la escalera rápido, en puntas de pie.

—¿Qué hablamos de esta mina? -El Negro me pegó despacio en la nuca, me lo decía entre dientes.

—No dije nada. ¿Vos no te tenías que ir?

—A las doce -no terminó de decirlo, el auto de Amalia tocó bocina parando en la esquina. Salí con El Negro a saludar.

—No hables boludeces -me lo dijo desde el auto. —Te lo pido por favor.

Cuando volví a sentarme en el mostrador, Esperanza todavía no había bajado. Levanté las tazas usadas, pasé el trapo y fui hasta el taller para cerrar el portón; llovía de nuevo.

Entre Amalia, la lluvia y Esperanza perdí la cuenta de la hora. Y tal como El Negro había pronosticado sonó el teléfono. Levanté el tubo sin atender la llamada, caminé hasta la vidriera. Me apoyé de espaldas en el vidrio para mirar la escalera y toqué el botón.

—Molina, buenos días.

—Buenos días señor Molina, habla su mujer -la voz de Mora tenía otro tono.

—¿Pasó algo? -El Negro me había pedido que usara, solo, esas dos palabras. "No digas *qué sorpresa, qué alegría escucharte, ni ninguna otra cursilería que se te ocurra."*

—Nada, no pasó nada, no tengas miedo. Me contó un amigo que te habías peleado con esta chica que conocí el otro día. Como seguro estarás aburrido y justo hoy es sábado, me gustaría verte, charlar un rato, ponernos al día ¿Tenés algo que hacer hoy a la noche?

Cuando levanté la vista Esperanza estaba parada al lado del mostrador. Se había secado el pelo. Me mostró los pulgares arriba para decirme que me esperaba y se sentó en una de las banquetas dándome la espalda.

—¿Querés venir a cenar a casa?

—Dale, divertido. ¿Qué te llevo?

—Nada, nada.

—Tengo en casa el vino ese que a vos te gusta. Tipo ocho y media estoy por ahí. Ponete lindo, Molina. Bye.

—¿Hablabas con Fabiana? -Esperanza había girado apenas, se acomodaba la pollera gris sobre las rodillas.

No sabía mentir. No sabía si Esperanza era mi amiga, si era monja, o si me gustaba.

—Quedate un rato que se largó a llover de nuevo. Te preparo un café -fui hasta la cocina, traje dos tazas, la cafetera y la bandeja de cartón con los vigilantes. —Hablaba con Mora, la invité a cenar hoy a la noche. Quiero ver qué me pasa con ella, hace dos semanas que me peleé con Fabiana.

18.

Sábado 5 de diciembre de 1987

—No puedo creer todo lo que pasó en quince días. Perdón por no venir antes, pero estuve tan engripada. No me podía mover de la cama. Te robo otro vigilante, están riquísimos -Esperanza tomaba el café de a sorbitos, agarraba la taza con las manos.

—Los que quieras. Yo ya me comí como cinco. El Negro compra solo los sábados, me tienen a dieta ¿sabías?

—Pero si así estás perfecto.

—Bueno, bajé diez kilos en tres meses -me levanté la remera y me golpeé la panza. Estaba flaco, la verdad.

—Así me parece que ya está bien. Nunca te pregunté: ¿Cuántos años tenés vos, Martín?

—Treinta y cuatro. Pero con cerebro de veinte. ¿Vos?

Esperanza se rió fuerte y, de repente, me dieron ganas de que se me ocurrieran muchos más chistes.

—Señor Molina, a las mujeres eso no se les pregunta, aunque sean monjas ¿No te enseñó tu mamá de chico? Ay tu mamá, Martín. Perdoname, qué bruta, qué falta de respeto. Me olvidé, te pido mil perdones. Perdoname de verdad...

—No pasa nada, no te preocupes.

—Tengo veintio.... veinti... veintinueve, cumplí veintinueve hace poco, a la semana de conocernos. Qué vieja estoy, la puta madre. Mirá las cosas que digo cuando me pongo nerviosa. Perdón Señor -se persignó dos veces y miró el techo.

Se puso roja, incómoda, transpiraba. Se desabrochó el saquito gris con manos torpes, se lo sacó para quedarse en camisa. Sin querer mirar, miré. El encaje del corpiño se transparentaba apenas a través de la tela blanca y las lolas parecían falsas, como había dicho Fede. Para no ser tan obvio, pregunté lo que no tenía que preguntar.

—¿Vos qué harías si fueses Mo..., Fabiana? ¿Me perdonarías?

—¿Mora o Fabiana? Cómo te cuesta decidir ¿O me parece a mi? -mojó el vigilante en el café y le dio un mordisco. —Para mí te arreglás con Fabiana. Yo no entiendo tanto, pero esas son cosas que pasan ¿no?

—Sí, pero esta vez la pelea fue medio jodida. No hablamos ni una sola vez en estas dos semanas. No me quiere ni atender el teléfono.

—Pero, pará ¿qué fue lo que ...?. Nada, dejá. A mí que me importa.

—Soy yo el que te está contando, no pasa nada. Vos sos mi amiga, Esperanza. A pesar de lo que digan los chicos, vos y yo somos amigos.

—¿Qué dicen los chicos?

—El Negro nada. Fede.

—¿Fede?

—Fede, mi primo. Dice que no sos de fiar. Qué sos muy linda para ser monja, muy sexy.

—¿Sexy dijo?

—Algo así.

—¿Y vos?

—Yo pienso que sos lin… yo pienso que sos de fiar. Yo te creo.

—¿Y Mora? -Esperanza bajó la cabeza para que no viera que se reía de mi. —¿Viene por las de ella? ¿O por que la manda Tito?

—Eso es lo que no sabemos. Fabiana le dijo a Fede que Tito la mandó, que lo escuchó en su casa hablar con Mora.

—¿Y vos qué pensás?

—Yo ya no sé qué pensar. Hoy a la noche veo qué me pasa con Mora y listo. Yo creo que ya está, que ya fue. Yo quiero volver con Fabiana, que me perdone. Pero los chicos quieren que primero pase esta prueba. Me viene bien medir a mi también -sonreí y parecía sobrado en el reflejo de la vidriera, pero era de los nervios. Estaba haciendo todo al revés de lo que me habían pedido. —No te enojes, pero tengo que cerrar. Ya son casi las dos. Todavía tengo que ir a comprar la comida, ordenar un poco, afeitarme y cocinar.

—Claro, me voy sí, sí. A mí también se me hace tarde.

La acompañé hasta el taller y corrí el portón para que pudiera salir. Esperanza se recogió el pelo con las manos y para atárselo buscó el elástico en una de sus muñecas. —Ay -dijo y torció la boca. —Lo debo haber dejado en tu baño. Otro día me lo das.

Se subió a la bici y el pelo se le acomodó en los hombros. —Suerte -me dijo. Y, por primera vez, se despidió con un beso. Me llamó la atención el perfume caro, el mismo de Mora.

—No me dijiste que pensabas vos de mí -me dijo desde la vereda.

—Yo te creo.

—Eso ya lo sé, bobo. Yo te preguntaba si te parecía linda ¿O sexy? como dice tu primo el que no confía en mí. Pensalo bien, otro día me decís.

Puse el candado lo más rápido que pude. Volví al local para cerrar las puertas dobles de la entrada. La bicicleta de Esperanza pasaba de una vidriera a la otra. El sol había vuelto a salir entre las nubes gordas, levantaba brillo en la vereda mojada y le daba de lleno en la cara. Se rió y me saludó con la mano, como saludan los chicos. Se fue pedaleando por la vereda de Rivadavia. Le volaba el pelo y el saquito gris de lana se le inflaba con el viento.

19.

Sábado 5 de diciembre de 1987

Mi departamento tiene dos escaleras. La que más se usa es la que está adentro del local, escondida en la cocina, justo atrás del mostrador; la construyó el viejo el día que mi mamá se enfermó. No quería dejarla arriba tan sola y esa fue la forma que se inventó para estar lo más cerca posible. La otra es la de la puerta principal, la escalera que da a la calle por Bahía Blanca. Fue por ese lado que entré después de haber hecho las compras para la cena con Mora.

Los veintitantos escalones de granito verde suben derecho a un hall con dos puertas. Una de frente, que da a la cocina. La otra, la de la izquierda, abre directo al living. Me gusta pasar tiempo ahí, cenar solo en el comedor, poner música y mirar la avenida por la ventana. En las tardes lindas, incluso en invierno, el sol que baja sobre Rivadavia se mete de lleno. Tengo un sofá cómodo del otro lado, con una mesa baja adelante y dos sillones de cuero a los costados.

Cambié casi todo al poco tiempo de mudarme, y hace tres meses traje un mueble alto con estantes que compré en un remate. Lo puse contra la pared que da a la cocina, con una tele nueva y el equipo de audio. Los estantes están llenos de libros, fotos y algunas cosas de mis viejos que habían quedado guardadas mucho tiempo. También tengo copas buenas para vino, vasos y algunas botellas.

Para que todo estuviera listo, puse la mesa antes de bañarme, corrí las cortinas y, como me había dicho Fede, acomodé las velas que había comprado en grupos de a tres y por varios lados. Mora odiaba las bombitas comunes y los tubos fluorescentes, decía que eran luces de pobre. Ordené los almohadones del sofá, las revistas de la mesa ratona y limpié los ceniceros. En el mueble de la pared, busqué el cassette que me había grabado Fabiana. Lo dejaba escondido arriba, pegado a la hilera de la enciclopedia; me daba un poco de vergüenza la caja con el "te amo" y tantos corazones de colores. Lo encontré desubicado dos estantes más abajo, con otros tantos de Julio Iglesias. Lo saqué de la caja y lo metí en el estéreo para rebobinarlo.

Entre los míos y los que dejó mi viejo, debo tener como cien libros en cuatro estantes distintos. Arriba de todo, en el primero, puse la enciclopedia Salvat; son varios tomos iguales, de lomo bordeaux y letras doradas. A los demás los acomodé por orden alfabético en los tres estantes más bajos. Me vuelve loco que se desordenen, buscar alguno y que no esté en su lugar. Cuando trajeron el mueble, estuve un domingo entero armando las hileras, contando grupos para que todo quedase encuadrado y simétrico con los tomos de la enciclopedia. Puse el sobre con los papeles del divorcio en el segundo estante, justo donde terminan los autores con A y empiezan los de la B. Elegí ese lugar para verlo todos los días, para tenerlo presente, para poder leer los papeles ni bien estuviese listo. Y ahí se quedó todo este tiempo, apretado entre entre un libro finito de Isabel Allende y otro de Obras Completas de Borges.

Cuando puse la caja del cassette de Fabiana en su lugar, vi que el sobre estaba corrido justo un lugar a la derecha. "Puede que Silvina lo haya cambiado sin querer al limpiar", pensé.

Tuve curiosidad y, sentado en el sillón, saqué los papeles por primera vez en casi diez meses. El documento principal era una propuesta de división de bienes bastante justa. Mora no pedía nada fuera de lugar, solo el auto que usaba y un compromiso firmado para que yo no tuviese derecho a reclamar la mitad del departamento donde vivíamos; después de todo se lo había regalado el padre. Nada se decía de la plata que yo tenía en el Banco Río, ni de la cuenta de Mora donde Tito le depositaba todos los meses el sueldo de hija. Las otras diez hojas eran instrucciones, una copia de los artículos de la ley y un folleto del abogado de familia que había preparado los papeles. Mora ya había firmado en la línea sobre su nombre con tinta azul.

Me quedé solo con el documento para firmar y lo doblé en dos; quería leerlo más tarde. No tanto por las condiciones del acuerdo, me interesaba constatar las fechas con un calendario. Mora había firmado justo el día en el que me había ido de casa, pero la redacción de la propuesta había sido tipeada casi dos meses antes. Guardé el resto de los papeles, la ley y las instrucciones en el sobre y saqué el tomo de Borges para ponerlo en su lugar. Al mover los libros, el elástico del pelo que había perdido Esperanza me cayó arriba de las zapatillas.

20.

Sábado 5 de diciembre de 1987

No eran ni las ocho cuando el taxi de Mora estacionó en la puerta de casa. Lo vi de arriba, desde la ventana de la cocina. Se había nublado otra vez y el amarillo del techo contrastaba contra el asfalto, contra la calle oscura, contra la llovizna que se iluminaba de a ratos con el alumbrado público. Un paraguas negro se desplegó de golpe y cruzó la vereda angosta. Después sonó el timbre.

En lugar de encarar la escalera, pegué la vuelta por el living para confirmar que todo estuviera perfecto. Bajé el dimmer de la lámpara de pie un poco más y apagué el resto de las luces. Dos grupos de velas encendidas en los estantes, otro más en la mesa baja y las chiquitas sobre el mantel blanco, llenaban todo de un lustre tenue. Le di play al cassette de Fabiana, ajusté el volumen y bajé a abrir.

—Hola, sorry que llegué un poco antes. Qué tiempo de mierda ¿no? Me quedé sin lentes de contacto y mirá cómo se me empañan estos anteojos -Mora López Audet sin filtro y al cien por cien. Me saludó con un beso a la pasada y esperó a que cerrara con llave. —Qué buen look, Molina, teneme el vino que pesa -me dio una bolsa con dos botellas, dejó ahí tirado el paraguas mojado y juntos remontamos los escalones de granito. —¿Qué pasó con los lentes de contacto? -le pregunté para no mirarla tanto. Tenía puestos los tacos altos de su uniforme, una minifalda de cuero negra y una camisa del mismo color abierta apenas de más.

—La engancharon en la aduana a la azafata que me los traía. Parece que la muy pelotuda se engolosinó trayendo estéreos. Le pedí a papá que me consiguiera otra, pero van dos semanas y nada.

—¿Y nacionales?

—Me dan alergia. Me puse unos para el casamiento de Pía, terminé a las cinco de la mañana en la guardia del Mater Dei.

—Te quedan bien los anteojos.

—¿Vos decís? ¿No parezco una maestra de grado? Ay, qué boluda. Tu novia es maestra ¿no? Ah, no te puedo creer lo canchero que tenés este departamento. ¡Parece otra casa, boludo! -había dejado el bolso de marca en un sillón y caminaba entre los muebles. —Divina te quedó esta mesa, las velas ¿Las pusiste por mi? ¿Y esta biblioteca antigua? Lindísima -pasó la mano acariciando los libros.

Esperó parada a que le sirviera un whisky, después se sentó cruzada de piernas en el sofá, respiró hondo y dio un sorbo largo, como quien tiene sed.

Abrí el vino para dejarlo listo y yo también me serví un whisky con mucho hielo. Picamos algo sentados en los sillones, brindamos dos veces y la charla incómoda del principio se fue soltando a medida que los vasos se vaciaban. Era raro tenerla en casa después de tanto esperar y, por un momento, me ilusioné.

—Quedate -le dije cuando fui a buscar el helado a la cocina. —Compré chocolate para el helado y lo quiero poner a calendar -Mora se frotó las manos y sonrió, me empujó el plato apenas; ayudar no era lo suyo. Apenas dejé los platos en la mesada, volví para saber si quería café. Me la encontré en puntas de pie, cerca de la biblioteca.

—Estaba mirando los libros -me dijo sin que le preguntara. —Es bueno este de… Soriano -eligió el que tenía más cerca, el de las letras más grandes. —¿De verdad mirabas los libros? -dijo que sí con la cabeza y se dio media vuelta. —Estoy leyendo bastante ahora que estoy sola. A la noche.

Me la quedé mirando mientras volvía a su lugar. "Saben los que te conocen, que no estás igual que ayer", cantaba Charly en el cassette de Fabiana. Hacía tiempo que Mora no era la misma y yo recién me había dado cuenta.

—Che Mora -le pregunté al rato. Habíamos vuelto a los sillones y serví un whisky más para cada uno. —¿De verdad estuviste sola todo este tiempo?

Me miró a los ojos, brindó por nada una vez más, y dio un sorbo apenas. Después rechazó con la mano el cigarrillo que le ofrecía.

—Me animo a contarte esto porque ya estoy medio en pedo -arrancó sin pensar mucho. La Mora de verdad salía pocas veces. Bajo presión, en una pelea, o cuando tomaba de más.

—Fue cuando estuve viviendo ese tiempo con mis viejos. Como papá no se bancaba una hija separada, me presentó un tipo que yo no conocía de nada. Juan Carlos se llamaba, Juan Carlos Desotti.

A esa altura ya había tomado bastante, los dos habíamos tomado mucho. Se reía fácil, pero no había perdido la línea del todo. Se cruzó de piernas, se acomodó apenas la pollera. Le quedaban bien los lentes, los aros de argollas grandes que se había puesto. No era la más linda, pero se la creía. Su fuerte verdadero era el combo, la actitud. Hablaba sin parar y no me sacaba los ojos de encima, movía las manos, jugaba con el hielo del vaso.

—Papá se había puesto muy pesado ¿Viste cómo es cuando se le mete algo en la cabeza? "Vayan a tomar algo, no te cuesta nada", me dijo un día. Y la verdad es que yo muy bien no andaba: dormía hasta las once, tomaba mucho entre semana y salir un poco no me venía mal. Qué buena esta música que pusiste. ¿Desde cuándo te gusta esto? Servime un poco más, hasta ahí, listo. Te decía, parece que papá es amigo del padre de este chico, se conocen de la iglesia, del bodrio ese de los encuentros de Emmaus. Un poco antiguo Juan Carlos, sweater escote en V, camisita a cuadros, hasta el nombre tiene de antes -tomó un poco más de whisky, levantó las cejas y sonrió.

—Pero muy educado, religioso como su familia, como mis viejos. Ay, ¿te reís de mí, bobo?

Le dije que no y me pegó como jugando. Me había causado gracia la devoción de Tito.

—Medio que al principio me hice la tonta dos veces para zafar. Pero el tipo me llamaba un montón, cuatro veces me llamó. Y papá, encima, jodiendo a la par para que lo atendiera. Al final quedamos para salir a mediados de abril. Hacía como tres meses que yo nada. Desde que vos te habías ido, nada.

Esta vez fui yo el que levantó las cejas.

—Te lo juro por mi madre -dijo y se persignó por la mitad. —Pero, después de tanto tiempo, como que ya andaba con ganas, ¿viste? La risa se le ahogó en un trago largo, después se quedó masticando uno de los hielos del vaso. Me había quedado grabado el comentario de Tito ese primer día: "Morita está saliendo con un pibe del club".

—Salimos a cenar, era el miércoles de Semana Santa. Me llevó a un restaurant chiquito, lindo, por Belgrano. Simpático Juan Carlos, la pasé bien. A la vuelta, en la puerta de la casa de mis viejos, me dio un beso en el auto casi como pidiendo permiso, un pico. No se animaba, fui yo medio la que se acercó y ahí seguimos. Ay, te cuento y me pongo colorada. ¡Qué boluda! Entusiasmado, el pibe, me llama al día siguiente, serían como las cinco. Yo pensaba: debe ser la primera vez que este tipo sale con una mina como yo. Cuestión que ni bien atiendo me dice, *qué lindo la pasamos ayer, ¿te gustó la comida?*, las boludeces típicas de esas llamadas. Daba vueltas, no sabía muy bien como decirme que quería salir de nuevo. Era justo el día del lío con los militares, yo la estaba ayudando a mamá a preparar la cena y papá miraba las noticias en la tele. "Salgamos mañana", le dije sin dejarlo pensar mucho, se ve que tenía ganas y no me daba cuenta.

Empezó a reírse más fuerte. Dio una palmada en el sillón y se tomó lo que le quedaba en el vaso.

—Rico este whisky. ¿Me das más? -fui a la cocina a buscar hielo y le serví otro. —Servime hasta arriba, así ya te quedás acá conmigo. Estás flaquito, Molina -me dijo y me acarició la panza. —Se ve que las chiruzas te tienen entretenido. ¿No tomás vos? Servite que te hace bien. Te sigo contando, brindemos. Como ya era la segunda salida, y ya habíamos apretado un poco en el auto, eso ya te lo había dicho... No te molesta que te cuente esto ¿no?

Para enterarme del todo y hacerme el superado, le dije que no con la cabeza, me estiré a la mesa ratona para comer un poco del queso que había cortado. Me gustaba la Mora sexy, suelta; el cuento de Juan Carlos, poco y nada.

—Me fui con todo esa noche, gordo. Me tendrías que haber visto -siguió entusiasmada. —Depilada, tanga chiquita, sin medias, así como ahora -me guiñó un ojo. —Vos sabés bien que yo para salir de noche uso ropa interior negra; nada de colores. Yo no sé cómo hay minas que usan animal print -sacudió la cabeza cortito y apretó los labios como si le diera impression. —¿Te acordás esa vez que me trajiste de regalo un conjunto de leopardo? ¿El quilombo que te armé? A vos igual siempre te gustaron un poco las gronchas, los zapatos brillosos, el pantalón blanco metido en el culo. Ojo, tampoco fui regalada, pero con mis tacos bien altos, el pelo divino. Abajo de la camisa tenía un top como este. Así, sin nada abajo. ¿Ay, me estás mirando, Molina? Tenía que estar ready, ¿entendés? -se pasó la mano por las lolas y siguió.

Me llamó la atención que se le marcara todo, que hubiera elegido ir así vestida a encontrarse con un tipo que, según ella, no la había deslumbrado. La actitud de Mora era un antídoto social, el disfraz que usaba todos los días para esconder su inseguridad.

—Como Juan Carlos no sabía donde ir, se ve que el único restaurant que conocía era ese chiquito de la otra vez, le dije que me llevara a Clo-Clo, ahí, en la Costanera. Al final terminamos en su casa; había mucha policía por el tema de los carapintadas y no daba para estar por la calle dando muchas vueltas.

—¿Qué dice tu viejo de esto de los milicos?

—No me distraigas con boludeces. Divino el departamento de Juan Carlos. Un semipiso con vista a la plaza Vicente Lopez, balcón corrido, un sueño. Si nos volviéramos a juntar, vendemos el nuestro y nos mudamos ahí. Ni bien llegamos puso música: Barry Manilow, Carpenters, un bodrio tras otro, hasta se sabía la letra. Pero pobre, le había pedido a la mucama que nos preparara un solomillo con mostaza riquísimo. La vajilla importada, las copas de cristal, todo súper. Mucho crucifijo en la casa, eso sí. Ya después de cenar, con un gin-tonic arriba, más el vino blanco de la comida, nos sentamos en el sillón. Uno así como este tenía, tal cual.

—Una pregunta nada que ver ¿Cómo hizo este Juan Carlos para pedirle a la mucama que cocinara, que tuviera todo listo, si se decidieron a último momento?

—Ay, qué se yo. Mirá lo que me preguntás. Te decía que nos habíamos sentado en un sillón así, como este. Yo estaba bien, pero con lo justo, como ahora. El ahí sentado donde estás vos y yo acá. Cerca ¿viste? pero no tanto. Servime otro gin-tonic, le digo. Para tomar coraje. Porque ahí medio que me agarraron los nervios. No había mucho para hacer. Estaban los lentos puestos, era apretar un rato y derecho al cuarto. Me cruzo de piernas y lo espero en pose, como una reina. Se acercó para darme el cóctel y le di un beso. Personifiquemos, para que entiendas bien. Parate y dame el whisky, tomá. Cuando venís, acercate bien para que pueda mostrarte -seguí las instrucciones al pie de la letra y Mora también. —El estaba ahí, donde estás vos, quietito, las rodillas juntas, las manos en los muslos, tarareaba la canción de Peter Cetera, la del Karate Kid, el boludo.

—No pegás uno con la música.

—Tremendo. Como el pibe no reaccionaba, me saqué la camisa, así como ahora. Yo hago de cuenta que vos sos Juan Carlos -se acercó dándose envión con los almohadones y quedamos pegados. —Acá me tenía -me dijo en la cara y sentí el aliento a whisky. —Así pegada me tenía, mirame donde estoy. No me saco los anteojos porque no veo un pomo, pero estaba así, con lentes de contacto. Al pibe no le quedó otra que darme un beso. Dame un beso, un pico, no te pases.

Era difícil decirle que no después de haber esperado tanto tiempo por un rato como ese. Algo me decía que la historia que me contaba no era cierta, que estaba en casa buscando algo más. Quizás el whisky me confundía; yo nunca tomaba tanto. O todo lo que me contaba era verdad y yo lo único que quería es haber estado en el lugar de Juan Carlos.

—Perfecto, así. Entonces le digo: ay, Juan, porque Juan Carlos no le iba a decir, dame un beso bien dado. Y el pibe medio que duda. Ya medio boludo, ¿viste? Me da otro, pero medio pico, medio boca abierta ¿viste esos besos de la secundaria?

—¿Qué hago? -le dije. —¿Personifico? -lo dije y me reí solo.

—Sí, sí. Dame otro beso. Mucho mejor el tuyo. Bien, siempre fuiste bueno para esto -se rió y tomó una vez más de su vaso. —Yo a esa altura ya tenía un pedo de novela, igualito que ahora. ¿Qué hice? Me bajé el top de golpe. Topless.

Fue en ese momento que todas las fichas me cayeron de golpe. Mora me contaba una versión de la verdad, una que se había estudiado bien antes de venir. Quizás había salido a cenar con ese Juan Carlos. Y puede que también le haya dado un beso, o dos. Pero nunca fue vestida para matar, nunca pensó de antemano qué tanga se iba a poner y, ni loca se había bajado el top. Mora no era la femme fatal a la que estaba jugando. Había algo raro en todo el cuento, algo que, en ese momento, no terminaba de entender. Lo que sí tenía bien claro, era que no iba a perder la oportunidad.

—¿Cómo sería esa parte? -le dije sin celos, la angustia y la preocupación de antes anestesiadas por el whisky. Mora sonrió ante el desafío, se puso derecha y se agarró el top desde arriba. Esperó dos, tres segundos para generar expectativa y se lo bajó rápido, de un tirón. —El pibe me tenía así, Martín. Así. Mirá lo que soy -sacudió apenas la cabeza y el pelo se le acomodó en la espalda. —¿Sabés lo que me dijo?

—¿Qué te dijo, Morita? -le di un beso más y la agarré de la cintura. La tenía regalada como ella decía y, por alguna razón, ya no era lo mismo.

—Juan Carlos me tendría que haber dado un beso así, agarrarme de la cintura como vos. Soltame un segundito, es un segundo nada más. Me gustaba que me tuvieras apretada, ahora me agarrás de nuevo. Quiero que escuches bien lo que me dijo el pelotudo. Me agarra de las manos así. Yo en pelotas y el forro me agarra de las manos.

—¿Te agarro las manos?

—No, no, dejame que siga. Yo con las manos en las suyas. Me mira a los ojos y me dice: *Mora, no te lo tomes a mal, pero preferiría que no hagamos el amor un viernes santo* -nos tentamos tanto los dos que el whisky que yo tomaba le roció todo el cuerpo.

—Hoy no es viernes santo -le dije.

—Hoy no es viernes santo -dijo Mora.

21.

Domingo 6 de diciembre de 1987

Todo estaba en el mismo lugar la mañana siguiente. El mantel manchado, las copas usadas, las velas derretidas. Todo menos Mora y el dolor de cabeza. "Sos un santo. Call me", decía la nota que había dejado pegada en la puerta de la heladera. Sonreí sin ganas; al menos la ironía era la misma de siempre.

Bajé a buscar el diario. Al subir, me acomodé parado en el rincón de la mesada de la cocina, con un café recién hecho y algo del pan que había sobrado de la cena. Tomaba y comía como un autómata, pasando las páginas abstraído, sin siquiera leer. Tenía la cabeza clavada en la noche anterior, repasaba cada momento. Quería encontrar alguna clave en todo el discurso de Mora. Un error, algún cabo que le hubiera quedado suelto. Por muchas vueltas que le daba, no podía entender la razón de su visita. Eso de los celos que decía el Negro, no tenía ninguna lógica. Y si de verdad hubiese querido estar conmigo, algo antes tendría que haber intentado. Lo de Fabiana lo sabía y el llamado lo esperaba. Mora nunca fue una tonta y de inocente tampoco tenía nada, pero muchas veces podía ser predecible. A mí siempre me había resultado fácil saber de dónde venía, por lo menos hasta ese día.

Desde la noche anterior y con todo el cuento de Juan Carlos, se había vuelto un personaje complejo, indescifrable. Era obvio que algo tenía en la cabeza; no había venido a cenar porque me extrañaba, mucho menos a que me la cogiera. El golpe artero venía por algún otro lado.

El esnobismo era el mismo de siempre; yo eso me lo bancaba. Como toda mi vida soporté su locura, incluso el maltrato. Con la actuación de esa noche, casi de repente me daba cuenta que había sido un pelotudo un tiempo largo. Mora salía sola muchas noches, entre semana, hasta algunos viernes. "No la dejes tan suelta", me decía El Negro. Ahora no me daba la cabeza para pensar en las tantas veces que la había esperado despierto hasta las dos de la mañana. Quizás lo peor, lo más patético era que me había conformado con solo tenerla, con que volviera a dormir a casa.

De todas maneras eso era tiempo pasado. En el presente Mora estaba bien. Sola, con Juan Carlos, o con otro cualquiera, pero a mí no me necesitaba ¿A qué había venido entonces?

Le di vueltas a eso, una otra y vez, hasta que sonó el teléfono. Levanté el inalámbrico de la base y me tiré en el sillón. —Hola lindo, ¿dormías? -me preguntó por qué no la había llamado. No pude contestar. Miraba la biblioteca, las fotos, mis libros. —Te quería avisar que me voy con papá de viaje. Dos semanas. No daba contarte ayer, estábamos tan entretenidos... -se rió sola. —Ya teníamos los pasajes, el hotel. Papá quiere que lo acompañe por un tema del negocio, tengo que firmar unos papeles. La verdad, no tenía previsto encontrarme con vos ayer, ni que me volvieran a pasar cosas.

Esta vez no se rió y algo más me comentó de la noche. Yo no decía nada.

—Nos viene bien este tiempo para pensar ¿Qué decís? -le contesté que sí, que me parecía bien y creo que le dije buen viaje, pero no le pregunté adónde iba. Ni bien cortamos, caminé hasta la biblioteca para dejar el teléfono en su lugar. Ahí estaba todo como la noche anterior. Los libros, las fotos, las velas derretidas. Todo, menos el sobre que tenía los papeles de divorcio.

22.

Domingo 6 de diciembre de 1987

Para despejarme la cabeza, ordené la casa antes de pedirle a Fede que viniera; no estaba para aguantarme solo la paranoia. Mi primo llegó una hora después, me dio un abrazo rápido en la vereda y remontamos la escalera.

—Antes de que sigas con el robo del sobre, con el elástico del pelo de Esperanza y tus teorías conspirativas, vamos a hablar un poco de esto -le dio dos palmadas a la mochila que traía, se la descolgó después y la dejó en el piso. —Preparame algo que no pude ni desayunar.

Estaba impecable, como siempre. Y a pesar del suéter de cuello alto y la campera ajustada de gamuza que usaba esa mañana, había algo de él que no estaba.

Sin decir mucho, esperó a que preparara un café con leche para cada uno. El verdadero Federico era un tipo de pocas palabras. Todo ese acto del italiano, de tipo seguro, era una ilusión que se armaba para ponerle el pecho a la vida. Con las manos en los bolsillos del pantalón, y hamacándose de una pierna a la otra, miraba la gente pasar por Rivadavia. Apoyaba la frente contra el marco de la ventana de la cocina y la respiración empañaba el vidrio de a ratos. Sonreía, apenas.

—Nunca voy a entender por qué venden las facturas en docenas -le dije para sacarlo del trance. —¿No hay nadie que compre siete, o que necesite catorce? -mientras tanto, trataba de acomodarlas en una tostadora de esas planas, para que se calentaran un poco. —Deberían venderlas de a una.

—Hubiera estado bueno ser común -dijo con la mirada fija en algo que yo no veía. —Un pibe como ese que va ahí. El jean de hace diez años, el buzo que le queda grande -señaló la calle, pero no me acerqué a mirar. —Como El Negro, como vos -siguió diciendo. —Me saliste distinto, dice mi papá -le dio gracia el comentario y se rió. —Pobre viejo. Se hace el boludo pero yo sé qué le pesa.

El día que Fede me contó que le gustaban los varones, la palabra gay era todavía nueva en Buenos Aires. Yo la había escuchado por primera vez en la radio, por Freddy Mercury; hacía poco que estaba enfermo de SIDA.

Nos quedamos en silencio un momento, diez segundos a lo sumo. Después la expresión le cambió de golpe. —Vamos a lo importante -dijo y levantó la mochila del piso.

Tenía otra cara cuando se sentó en el sillón, como si lo anterior no hubiese pasado. Tomó un poco del café que le había preparado, separó una de las medialunas en una servilleta y se llevó otra a la boca. De la mochila sacó un libro gordo, con tapas de cuero: un álbum de fotos. Despacio empezó a pasar las páginas duras, el plástico transparente que cubría cada una, hasta que encontró la que buscaba.

En una foto del medio estábamos los dos, en el jardín de una casa que mi tío tenía en las sierras de Córdoba; tendríamos dieciocho años.

—¿Qué ves acá? -me preguntó golpeando la foto con el dedo, después se recostó en los almohadones.

Como no supe qué contestar, se incorporó apenas para agarrar la taza. Tomaba de a sorbitos y esperaba. Sonreía y yo no entendía muy bien por qué. Mordió otra vez la medialuna, siguió esperando.

—Mirá lo contento que estabas -dijo al rato. Tenía razón. Tanto me reía, que mis ojos eran dos líneas.

Me siguió pasando las páginas despacio, cada tanto aparecía otra foto parecida. En todas me reía. Pasó una de los dos brindando en año nuevo, otra en la playa. La última en el cumpleaños de mi tía con otros primos. En esa yo estaba tan tentado que hasta lloraba. Me siguió mostrando el resto sin decir mucho. Pasaron tres o cuatro en las que estaba El Negro y muchas otras ya más recientes. En todas esas ya no estaba tan contento como al principio. El álbum no tenía ninguna foto en la que estuviera con Mora. Cuando terminó de pasar las páginas, dejó el álbum cerrado boca abajo.

—No sé si tu mujer te cagaba de antes -dijo mirándome a los ojos. —Tampoco me calienta demasiado y a vos no debería preocuparte, ya no podés hacer nada. —Lo único importante es cómo te sentías y yo acá, en estas fotos, te veo cada año más triste -era cierto, la risa se me borraba a medida que envejecía. —Eso sí se puede cambiar.

Fede abrió el álbum del revés; la contratapa tenía pegada un sobre color madera para guardar fotos sueltas. De ahí sacó un pilón, las golpeó juntas contra la mesa para que quedaran parejas.

Después empezó a pasarlas de a una, de una mano a la otra, como si las contara, hasta que encontró la que buscaba. Era una nueva. Yo estaba sentado arriba del mostrador de la bicicletería, con las piernas abiertas. Fabi parada justo adelante mío.

—La saqué hace un mes con la cámara que traje de Italia ¿te acordás? -de la foto y de la cámara me acordaba bien.

—Igual que antes -dijo y buscó la primera foto que me había mostrado en el álbum — ¿Cuánto hace que no estabas así de contento? ¿Te querés perder otros quince años?

Fede tenía razón, y yo ya estaba convencido.

—¿Para qué vino? ¿Qué pensás?

—¿Mora? A buscar los papeles, no tengo ninguna duda.

—Pero si está con éste Juan Carlos, como te contaba por teléfono. ¿Para qué quiere que yo siga casado con ella?

—Yo espero que no revise mucho el sobre. Si se da cuenta que le faltan las hojas que sirven, igual nos vamos a enterar.

—¿Y lo del elástico del pelo de Esperanza?

—Puede que haya mirado otra cosa, de chusma nomás. La monja no me gusta, vos ya sabés, pero es raro que tenga algo que ver. Por ahora vamos a recuperar a Fabiana.

—Vamos.

—De verdad, Martín. Dejate de llevar, una vez en la vida.

—Mañana voy a la casa.

23.

Sábado 19 de diciembre de 1987

Hacía menos de dos semanas que había estado en una iglesia. No era esta, y eran otras las circunstancias; tampoco estaba tan bien vestido como hoy. Era de noche, llovía con todo y yo estaba empapado. Antes, temprano ese mismo día, había vuelto a la casa de Fabiana a pedirle perdón.

Lunes 7 de diciembre de 1987

Dejé la camioneta a una cuadra y por la vuelta; no quería que Lita me viera llegar por la ventana de la cocina. Caminando despacio, tarareaba "Por el amor de una mujer", la venía escuchando en el camino y estaba contento.

Esperé un momento en la esquina antes de cruzar; pasaron dos autos y un colectivo, quería tomar todo el coraje posible. Desde ahí se veía la casa entera, la puerta de chapa despintada que pasaba al departamento del fondo, no estaba el Peugeot de Tito en el jardín de adelante.

Fabi vivía cerca de casa, en el límite de la Capital Federal. Un barrio de casas bajas, pegado a la colectora de la General Paz. Las calles angostas con algunos pozos, uno que otro árbol finito de vez en cuando, las veredas rotas, los autos usados.

Era un día lindo, pero algo fresco para diciembre. Levanté la mirada y el sol en la cara me dio confianza. Listo para cruzar escuché el crujir de la puerta que ya conocía. Un pibe grandote salió primero, Fabiana pegada justo atrás. Retrocedí algunos pasos y ahí me quedé, escondido en la ochava para poder ver lo que pasaba.

El pibe tenía el pelo corto, rapado como de militar y la campera de aviador verde que mi novia usaba todo el tiempo. La que le quedaba enorme y se le descolgaba de un hombro, la que le había robado al último hijo de puta que había tenido por novio.

Los dos se abrazaron en la puerta y ahí se quedaron un rato. Ella después lo despidió con un beso a la pasada y una palmada en la espalda, el pibe se rió, algo le dijo y encaró la vereda. Escuché el golpe de la puerta que se cerraba cuando volvía corriendo a buscar la camioneta.

—¿Estás seguro de que era el novio de antes?

—Es ese, Nicolás se llama -yo gritaba, no podía parar de gritar. —¿Puede ser tan pelotuda esta pendeja? ¿Tan inocente? Es el que la cagó, ¡me lo dijo! Con el que había salido un mes para sacarse las ganas. Ahora anda con un parlante contándole a todo el mundo que yo le mentí, te lo dijo a vos en la cara, ¿y vuelve con éste?

—No sabés si es el mismo, no lo conocés. ¿Viste alguna foto?

—No vi nada ¿Quién va a ser con esa campera, a ver? Fabi me contó la historia el primer día, el primer día. Soy un pelotudo.

—Tranquilizate un poco. Bajá y charlamos los tres, te preparo un café mientras tanto. ¿Por qué no la llamás?

—¿Para qué? ¿Para que me termine de humillar? No la pienso llamar, no voy más. Al final tenés que ser un hijo de puta. No hay una mina, en el mundo entero, a la que no le guste sufrir. Quieren que las caguen. No falla, se enamoran de esos tipos.

—Fabiana está con vos, me lo dijo el otro día. Estás equivocado.

—¿Yo estoy equivocado? ¿Y vos qué mierda sabés? ¿Qué sabés vos de minas si todas las que tuviste son de mentira? Si te ponés de novio para hacer de cuenta? ¿Te olvidaste que sos puto?

Dije perdón lo más rápido que pude, pero Fede ya había cortado.

Le di al tubo contra la mesa hasta que se rompió. Y después le di tantas patadas al sillón, que me quedé tirado en el piso del dolor.

Llorando me quedé dormido; eran casi las siete cuando me desperté acostado en el mismo lugar.

Con la bronca a flor de piel, bajé a la bicicletería para distraerme un poco. Serían como las ocho. Destrabé la puerta doble para limpiar los vidrios. Después junté unas tazas que habían quedado en el mostrador, papeles y algunas revistas. Acomodé las bicis, me fui al fondo, al taller. Me ilusioné al escuchar la campana de la puerta y, por un momento, pensé que era Fabiana. Salí rápido al salón, acomodándome el pelo en el reflejo de la vidriera. Me la encontré a Esperanza entre las bicis nuevas, revisando los frenos de una roja, mirando el precio de una etiqueta que colgaba desde el manubrio. Estaba con un solero de flores amarillo, el pelo suelto atado arriba con una cinta del mismo color y unas sandalias bajas, de esas que parecen ojotas.

—Hola Martín -me dijo ni bien me vio; jugaba con el piolín de la etiqueta y lo enrollaba con los dedos. —Aunque sea por un día, por esta noche nada más, hagamos de cuenta que soy la hermana de Esperanza -dejó de hablar y me miró directo a los ojos. —¿Te animás?

Dije que sí con la cabeza.

—Encantada, me llamo Amparo -se acercó rápido y me dio un beso. —Me contó Esperanza que andás buscando una novia, que te peleaste con Fabiana. ¿Me invitás a tomar un helado?

Me agarró de la mano apenas salimos a la vereda. El olor del verano por fin llenaba la noche. Caminamos en silencio, mirándonos de vez en cuando como dos chicos del secundario. Esperanza miraba para atrás, para los costados, para todos lados y a mí se me había ido la bronca de repente.

—¿No tenés miedo? -sacudió la cabeza varias veces y se rió.

—¿De qué?

—No sé, de que te reconozcan, ¿qué les dirías?

—Qué me llamo Amparo, que soy la hermana melliza de Esperanza. ¿Dónde viste una monja vestida de amarillo y sin corpiño? -me mostró la espalda desnuda y le salió una carcajada. —¿Querés un chicle?

El viento nos sorprendió apenas doblamos la esquina. Apuramos el paso oliendo la tormenta, mirando el cielo entre las luces y los tilos, hasta que unas gotas gordas nos golpearon la cara. Después un resplandor, un trueno y el aguacero helado. Corrimos chapoteando y a los saltos, buscando el reparo de algún toldo, de algún alero. Hasta que quedamos frente a las escaleras de la parroquia.

Remontamos los escalones sin dudar, buscando refugio en el recoveco ese que se arma en los accesos laterales a la puerta principal. Esperanza empujó la puerta pesada y asomó su cabeza antes de abrirla por completo. —Vamos -me dijo y entró decidida; yo pegado atrás. El ruido de la tormenta se ahogó en el silencio.

La parroquia estaba a oscuras, los bancos vacíos, la estatua de María, los santos y Jesús aparecían por momentos con la luz muda de los relámpagos que se metía por las ventanas de arriba. Me persigné dos veces por fetiche nomás.

Pegadas a la pila del agua bendita, las últimas velas de las intenciones peleaban por permanecer encendidas. Esperanza se escurrió el pelo con las manos en el pasillo del altar y el agua hizo ruido en el piso de mármol. Me la quedé mirando para no perderme nada; el vestido empapado se le pegaba al cuerpo. Temblaba de frío y se cruzó de brazos para abrigarse de alguna manera. Me saqué la campera y se la puse sobre los hombros. Sin decir nada, me besó de golpe.

Me quedé ahí parado, quieto, frizado. Me acomodó el pelo, me toco el pecho, después colgó los brazos de mi cuello como si fuésemos a bailar un lento. Respiró hondo y me volvió a besar con toda la boca, con fuerza, con rabia. Tres, cuatro veces, hasta que se separó un momento para tomar aire. Se rió con ganas y me sacó la lengua como una nena. Entonces fui yo el que la agarró de la cintura, del culo, de donde podía. Me costó levantarle el vestido que se trababa por todos lados de tan mojado. Sin dejar de besarme saltó en un envión sin ruido; las piernas se entrelazaron en mi espalda, cayó la campera y de a una las sandalias. Retrocedí despacio para apoyarme contra el respaldo del último banco.

Me desabrochó la ropa a tirones y los dos quedamos cuerpo a cuerpo, mi camisa abierta, su vestido hecho un rollo en la cintura.

—La parroquia está cerrada -la voz grave rebotó varias veces, venía del altar.

Esperanza contuvo la risa con su boca pegada a la mía y pude sentir el aliento a chicle globo. No nos podían ver, no había suficiente luz.

—Se llevó el índice a la boca, para llamarme al silencio, movió la cabeza apenas y me marcó la puerta.

Antes de empezar a caminar, las luces altas de los tubos pestañearon intermitentes una, dos y tres veces. Quedamos ahí, quietos, en evidencia; nuestros cuerpos brillando bajo la luz espectral. Sentí el peso de las miradas de cada santo, de María, de Cristo mismo que todo lo contemplaba desde el fondo, desde lo alto de la cruz.

—¿Esperanza?

Todavía colgada de mí, Esperanza miraba al cura de frente, los ojos bien abiertos, desnuda, escondida en mi abrazo.

—Hola padre, encantada -gritó, y el "ada", "ada" resonó en los techos de toda la nave. Esperó por el eco, mirando para arriba divertida. —Me llamo Amparo -dijo después. —Soy la hermana gemela de Esperanza. Él es Martín, Martín Molina. Decile hola al padre.

Masticaba el chicle con la boca abierta y por más que intentaba, no podía parar de reír.

24.

Martes 8 de diciembre de 1987

La mañana siguiente nos encontró en casa. Esperanza ya estaba despierta cuando entré al cuarto con el café.

—Soy hija única -arrancó antes de que pudiera decirle algo. —Me llamo Amparo. Acomodó las almohadas, se sentó derecha contra el respaldo y aceptó la taza que le daba. Yo me quedé ahí, parado.

—Me contrataron para que me hiciera pasar por monja -tomó un trago rápido y la sorprendió el café caliente.

—Me pagaron para espiarte -dijo con dificultad. —Para que me hiciera amiga tuya. Te podrás imaginar que las novicias no hacen las cosas que hicimos ayer, ni creo que tengan las lolas hechas -se acercó una mano al pecho y se rió sin ganas.

Quise decir algo, pero levantó la mano.

—Creo que lo arreglaron todo con un cura del Arzobispado, me inventaron el nombre, me dieron un DNI y un bolso con tres mudas. El padre Damián está pintado, las monjitas, obvio, no saben nada. Tampoco soy del interior.

Algo había cambiado en su forma de hablar, ya no aspiraba las eses y usaba otras palabras. Quiso seguir, pero la invadió la congoja. Se secó los ojos levantando la remera que le había prestado y la panza le quedó al aire.

—Vivo acá nomás en Once, en un departamento que no es mío, que ni siquiera puedo alquilar -tomó más café y se quedó en silencio, mirando por la ventana.

—¿Pero qué sos? ¿detective?

—Lindo -dijo y sonrió. —Una mina detective tendría más dignidad.

Le pedí que me aclarara, no terminaba de entender lo que me quería decir.

—Soy escort.

—¿Escort?

—Puta, bombón. Escort es la palabra que usamos para no decir que somos putas. Te pido perdón, nunca pensé que podía enamorarme de vos.

Tanta bronca me dio lo que decía que no la dejé seguir. Le di una trompada a la puerta del placard y el ruido retumbó fuerte en el cuarto. Amparo se asustó y el café le cayó en la remera.

—¿Vos te pensás que yo soy boludo? -le grité desde mi lugar.

—Te lo juro, Martín -lo dijo segura, pero casi no podía sostener la taza.

—Las putas no se enamoran, Esperanza, Amparo o como te llames. Andate, agarrá tus mierdas y tomátelas. Me hizo caso, se levantó lo más rápido que pudo y, mirando el piso, buscó en el cuarto su ropa que no estaba. Se quedó ahí parada, con la remera mojada de café. La estiró hacia abajo, pero se le veía todo. Se le torció la boca de golpe y la impotencia la hizo llorar. Era un llanto sin ruido, como si estuviese entrenada para llorar así, para que nadie la escuchara.

—¿Y lo de ayer? ¿Te pagaron también para eso? -ya no pude gritar más, a mi también se me inundaron los ojos de golpe.

—Fue cosa mía -dijo y me miró a los ojos — ¿Qué te pensás? ¿Que le pedí a Dios que lloviera para meterte en la iglesia?

—Sentate -le dije y yo me senté también.

—Me mandaron a buscar unos papeles, un sobre que tenés en la biblioteca. Lo tenía que revisar y decirles dónde estaba.

—¿Te mandó Mora? ¿Le venís contando todo lo que hablamos? -otra vez me había parado. Caminaba por el cuarto de un lado para el otro. Amparo retorcía la sábana con la mano.

—No, no, todo no. Me guardo cosas.

—¿Qué le contaste?

—Mora está embarazada de otro tipo -dijo de golpe.

—Vino para que te la cogieras, te lo quiere meter a vos.

—¿Y vos cómo mierda sabés todo eso?

La boca le empezó a temblar sin control. Ahora lloraba sin parar, no podía ni mirarme. Me dio pena. Me senté otra vez y la abracé para que se quedara tranquila, le dije que le creía. Se quedó ahí un momento, pero cada vez lloraba más.

—Perdoname, Martín. Te pido por favor que me perdones.

Le aseguré otra vez que la perdonaba, que fuera lo que fuera le íbamos a encontrar la vuelta. Le acerqué el café una vez más y la tapé un poco con la sábana para cuidarla.

—Estaba en casa ese día -dijo al rato. —Un cliente que conozco bien, me tocó el timbre temprano. Venía como loco -tomó un poco más de café, la taza le seguía temblando en las manos. —Me sorprendió su actitud, él nunca había sido así.

Me quedé serio esperando; yo también tomé un poco del café que me había traído.

—En esa época trabajaba en un boliche, un sauna de mierda por acá cerca. Ti..., este tipo apareció una noche.

—¿Cuánto hace? -le pregunté para ayudarla a hablar. Lloraba otra vez.

—Hace un montón, seis, siete años. Estaba con dos amigos. Un tipo grande, educado y bien vestido; distinto. "Te saco de acá mañana mismo," me dijo a las cuatro de la mañana. "Te compro un departamento lindo, te vas a vivir ahí tranquila". Me acuerdo que me reí. Todos te dicen lo mismo, bombón. Cuando están en pedo y te tienen en pelotas, te dicen cualquier cosa. Pero este señor cumplió. A los quince días estaba viviendo en el departamento, jugando a ser su novia. Era un señor, siempre fue un caballero. Y yo no tenía nada que perder. Nunca tuve un mango, apenas terminé la primaria. En ese balcón tomé sol por primera vez, compré macetas, un juego de platos para cuatro y unos repasadores amarillos. Venía todos los viernes como a eso de las seis. Traía flores, me regalaba ropa, perfume, salíamos a cenar, "Amparo", me dijo un día por teléfono, "Agarrate dos, tres cositas que nos vamos a Río esta tarde." Fue la primera vez en mi vida que me subí a un avión. Tengo un álbum con las fotos, un Cristo redentor chiquito en el mueble del living -sonrió apenas, pero fue eso, una mueca. —Con los años fue perdiendo el interés y empezó a venir más espaciado. Yo fui armando lo mío, lo de antes, lo único que sé hacer. Es raro vivir dos vidas en una misma casa, ¿sabés? Duermo en el living cuando estoy sola, me acurruco en el sillón -se secó las lágrimas con la sábana y me pidió un poco de agua. —¡Qué boluda! Pensé que me iba de viaje otra vez cuando llegó ese día. Lo abracé en piyama, no me peiné para abrir la puerta.

Amparo me contó que el tipo había entrado a los gritos. "Haceme café, hace dos horas que te estoy llamando", dijo que le decía. Que se habían sentado en la mesa chiquita que ella tenía en la cocina. Que él fumaba y ella estaba ahí, seria, de piernas cruzadas como un indio. Dijo que le había preguntado qué era lo que le resultaba tan urgente, por qué le había gritado, tocado el timbre como un enfermo. Me contó que se lo había dicho amorosa, con respeto, como ella siempre le decía los días que venía nervioso del trabajo.

—Me dijo que me quería contratar para un trabajo distinto. Al principió pensé que quería hacer un trío y le dije que yo cosas raras, no.

Como pudo siguió hablando, me mostró la mano abierta y la golpeó en el colchón para mostrarme como el tipo había golpeado su mesa. Dijo que tuvo miedo, que se había asustado mucho. Que este hombre la había amenazado, que si no hacía lo que decía la sacaba a patadas en el culo del departamento.

—No pude decir que no, Martín. Perdoname, yo no te conocía. Era este trabajo, espiarte, hacerme pasar por monja. "Necesito que vayas a vivir a un convento en Floresta durante un par de meses", me dijo entonces. Impostó la voz, hizo caras como si fuese una marioneta. —Me prometió un montón de guita, un sueldo.

Quise preguntarle algo, pero una vez más me pidió que la dejara seguir.

—Me acuerdo que me lo tomé en joda.

Seria, me contó lo que el tipo le había dicho. "Te lo estoy pidiendo bien para no ordenarte. Para darte la oportunidad de que me digas: "Sí, bombón, no hay problema". Me juró que nunca lo había visto así. Apretaba sus manos, reproducía los gestos que el tipo hacía para decirle lo que tenía que hacer.

—"Y si no estás dispuesta…" -me dijo y se paró para irse. "Juntate las cinco mierdas que tenés en el placard y te mandás a mudar de esta casa esta misma tarde". Llegué a la parroquia a las ocho de la mañana del día siguiente. Vestida de gris con un vestido que picaba, una mochila que me trajo y la bicicleta que ya conocés.

—Ya está, Amparo, no pasa nada. Yo me arreglo con Mora. Si ella te contrató, yo le encuentro la vuelta. No te preocupes.

Entonces sacudió la cabeza como una nena.

—No es eso solo, Martín. Tito es el que me contrató. Tito, tu suegro, es el que me sacó del sauna, el que me paga el departamento hace siete años. Yo soy la puta a la que se coge cuando quiere.

Me acuerdo que quise reaccionar, decir algo, pero la vista se me nubló de golpe. Se veló el cuarto y todo se puso blanco, negro. Cuando me desperté, estaba acostado en el parquet, cerca de la cama. Amparo se había arrodillado a mi lado, me golpeaba la cara con fuerza y tenía un vaso de agua en la otra mano. Sentía la cara mojada, empapado el cuerpo.

—Martín ¿Me escuchás? -dije que sí como pude y apreté los ojos para compensar la claridad que me cegaba.

—Quedate tranquilo -agarró una almohada, la acomodó para que pudiera levantar la cabeza y me acercó el vaso con agua.

—Tomá un poquito. Despacio -dijo y yo le hice caso.

Todavía en inferioridad de condiciones, me ofreció su ayuda, con Tito, con lo que necesitara y yo la acepté. Se fue de casa antes de las ocho; creo que nunca volvió al convento.

—Mora está en Buenos Aires, pero no te va a llamar hasta el lunes que viene, quiere hacer de cuenta que tiene un atraso, ganar tiempo ¿viste?

—Una cosa más, quizás no sea tan importante -me dijo en la puerta de casa. —La última vez que lo vi a tu suegro para contarle cómo iban las cosas con vos, me dijo algo raro. Yo no entiendo mucho, pero algo me dijo de la plata. Que toda la plata que tenía: los departamentos, la oficina, todo, estaba toda a nombre de Mora. "Hasta los coches", decía.

Le conté que yo ya sabía. Que Mora no tenía ni idea y que Tito me había hecho firmar unos papeles, en su momento.

—¿Para qué?

—Si yo no hubiese firmado, era el dueño de la mitad.

Amparo levantó las cejas y se quedó pensando. Después me dió un abrazo y ahí se quedó un rato. Cuando nos soltamos lloraba otra vez.

—Tranquila -le dije.

Se dio media vuelta sin decir nada y empezó a caminar despacio. Se acomodaba el solero amarillo como podía, lo estiraba con las manos. Estaba limpio y seco, pero arrugado y sin planchar. Le quedaba divino.

25.

Lunes 14 de diciembre de 1987

Mora llamó cinco días antes de lo que Amparo había anticipado. No eran ni las nueve cuando bajé a la bicicletería y El Negro me alcanzó el inalámbrico en la cocina.

—Se murió mi abuelita -dijo ni bien atendí con voz atragantada. —Esta madrugada, por suerte pudimos llegar justo. La vamos a llevar al Jardín de Paz; Papá no quiere velorio. La misa es a las dos.

Antes de subir a buscar las llaves del auto, hice dos llamados. Me puse perfume, una camisa blanca y un pañuelo en el bolsillo del pantalón.

Cuando llegué al cementerio, los familiares y los amigos de la madre de Tito ya llenaban la capilla. Había gente esperando en el atrio, muchos fumaban y unos chicos se corrían entre ellos cerca de un tobogán y unas hamacas. Otro grupo más alejado se reía, tomaban café en unos vasos descartables.

Un tractor importado cortaba el pasto a lo lejos; desde nuestro lugar se podían ver las rayas perfectas que peinaba a su paso. No vi a nadie caminar por la sombra de los senderos, ninguno leyendo en un banco de plaza. Más allá de una glorieta, los regadores automáticos repartían agua a chorros y el spray se iluminaba con el sol. Con el tiempo lindo el verde se había llenado de pájaros. Volaban cortito, se mojaban y sacudían las plumas. Parecían no darse cuenta de que el lugar estaba lleno de muertos.

Yo esperé la salida del cajón cerca de los fumadores. Seguí la procesión entre los árboles, alejado del grupo unos pasos. Escuché con atención lo que el cura tenía para decir a un costado. No quería mirar a nadie, mucho menos a Mora. La alegría y la tristeza suelen contagiarme parecido y me conmuevo aunque el sentimiento no me pertenezca ni un poco. Desde mi lugar podía ver a Tito y a sus hermanos en primera fila, juntos, pegados al filo del foso. Mabel abrazaba a una mujer que yo no conocía y no podía parar de llorar. Se me retorció la panza con el rozar ese de las cintas cuando el féretro empezó a bajar, con el olor de los claveles que la gente tiraba sobre la tapa de madera. Se me vino mi mamá a la cabeza y me sentí solo.

Cuando por fin el grupo empezó a disiparse y la mayoría se había despedido, fui a buscar a Mora entre la gente y me la llevé de la mano a un costado, volvimos en silencio por un camino distinto. Lloraba mucho, me abrazaba de vez en cuando. Cuando estuvimos solos, me pidió que nos sentáramos en uno de los bancos vacíos. —Gracias por venir -dijo y se recostó en mi hombro, casi no podía hablar. Le di el pañuelo que había traído. Se sacó los anteojos de sol, se secó las lágrimas, se sonó los mocos.

—Te tengo que decir algo -dijo al rato. —Algo lindo, increíble -se sentó derecha, me agarró la mano y la puso en su panza.

Esperaba el momento; había practicado mi reacción todos los días. Cerré los ojos y pensé otra vez en el entierro de mi mamá, en la última vez que había estado en un cementerio. Sentí cómo la angustia me invadía de golpe y las lágrimas me salieron solas. Entonces sonreí con fuerza y la miré a los ojos.

—¿En serio?

Mora dijo que sí con la cabeza, dos, tres veces y se rió también. Quizás era de nervios; sostenía mi mano en el mismo lugar, pero temblaba mucho.

—Empecemos de nuevo -le dije siguiendo mi guión estudiado. — De cero, sin reproches, sin quejas. ¿Te animás?

Creo que no esperaba mi entusiasmo, o la pregunta. Me parece que se lo había imaginado de otra manera. Me soltó la mano con cuidado y se quedó mirando el piso, pateando unas piedritas.

—Mora, mirame -le dije. —De verdad te lo digo. Sin reclamos, sin rencor. Ya sé que te llevaste el sobre con los papeles del divorcio. No pasa nada, ya está, no me interesa saber que te pasó por la cabeza. Rompelos, si querés. A mí no me sirven para nada.

Se puso a llorar de nuevo. Era raro verla tan vulnerable.

—A veces las cosas pasan por algo -dije y fui yo el que le agarré la mano. —Que hoy se vaya tu abuelita, que dios nos traiga un bebé… -me contagiaron sus lágrimas y yo también lloré.

Nos quedamos ahí un rato, mirando el pasto, los regadores. Yo me moría por seguir hablando, por convencerla, pero esperé, tal cual Fede me había enseñado.

—Dale -dijo, por fin.

—Si de verdad querés volver -era ese el remate, la línea que seguía. —¿No querés que nos casemos?

Esta vez le dio gracia el comentario.

—Pero, gordo… si ya estamos casados.

—Por iglesia, como queríamos el primer día. Con la familia, los amigos. El pañuelo es el regalo de compromiso, mirá como lo dejaste -se tentó y me pareció linda.

—Hablá esta tarde con tus viejos, ni lo pienses. Nos casamos la semana que viene, el sábado ¿Qué día cae el sábado que viene?

—Diecinueve.

—Listo, el diecinueve. Yo me ocupo de la iglesia, vos organizás el resto: una cena en el club, donde vos quieras, pero sin mucha pompa. A tu viejo le va a venir bien, a todos.

—¿Y el vestido? -me dijo volviendo a ser Mora. Le temblaba la voz, pero no se le borraba la sonrisa.

—Comprate uno, qué se yo. ¿Entonces?¿Nos casamos?

—Dale -dijo y me dio un beso.

Juntos fuimos a buscarlo a Tito; yo quería que me viera. Le di la mano y después un beso. —Empecemos de cero -le dije a él también. —Si vas a ser el abuelo de mi hijo quiero que arranquemos bien de una vez por todas.

El tipo lloraba y era en serio. Asintió apenas y se quedó así, llorando sin esconderlo, con las manos en los bolsillos del traje, mirando al cielo de vez en cuando. Entonces me salió darle un abrazo y él también me abrazó.

—Hablé con mi tía antes de salir para acá -le dije al oído. La que labura en Clarín. No van a salir los avisos para que no los vea Lita.

Le palmeé la espalda un par de veces antes de soltarlo. No dijo nada, pero el gesto era de agradecimiento. Antes de irme les pedí que conversaran y a Mora que me llamara a la noche cuando me despidió en el estacionamiento.

—Martín -me llamó y se apoyó en el marco de la puerta antes que diera marcha atrás. Dejó que un coche pasara y levantó la mano para saludar. Después dudó un momento y torció la boca. —Quereme, plis -me dijo y me dio la espalda. Lloraba otra vez.

***

—Atendé vos, corazón -dijo Fabiana cuando el sol se escondía en la avenida. Estaba sentada en la mesa del comedor de casa y tomaba el vino que le había servido.

—Son casi las nueve, debe ser Mora.

26.

Martes 8 de diciembre de 1987

Habían pasado tres días desde el topless espontáneo de Mora, apenas doce horas desde la locura de la noche de la tormenta.

Fabiana, no sé si cansada por mi insistencia o preocupada por mi silencio, llamó temprano a casa para que habláramos en persona. No me dio mucha más información y el "Hola, Martín" se parecía al de mi maestra de cuarto grado. Cuando le pregunté si no tenía que ir al colegio, me contestó enojada.

—Las clases terminaron la semana pasada y hoy es feriado -Tenía razón. "Día de la Inmaculada Concepción", decía el calendario de la cocina debajo del 8 rojo. Me salió persignarme, Amparo recién se iba y, si seguía así, dios me iba a castigar.

Quedamos en un café a dos cuadras del negocio. Salí lo más rápido que pude, quería estar ahí primero, verla llegar. No hacía tanto calor esa mañana y estaba lindo para caminar; los tilos de la avenida se habían llenado de hojas y los escotes ya inundaban las veredas.

La vi bajar justo delante de mi ventana, con el colectivo todavía en movimiento. Apuró el paso ni bien pisó el asfalto para poder compensar la velocidad. Nunca la había visto con el pelo mojado, atado bien alto y tirante, ni con la cara tan lavada.

Las zapatillas sin medias eran otras, azules y más gastadas. Un short de jean desflecado y un buzo gris enorme que le tapaba la mitad de la cola, las mangas arremangadas hasta los codos. Creo que lo hizo a propósito, eso de venirse de entrecasa, quería afearse de alguna manera.

Yo iba por el segundo café con leche y ya me había comido tres medialunas para calmar los nervios. Le tenía que contar la verdad o, al menos, una parte importante; eso estaba decidido. Tenía pensado arrancar con Amparo, contarle que no era monja y que Tito la había contratado para espiarme. También que la piba había venido a hablar conmigo por las de ella, al parecer le debían plata. Eso validaba lo de los papeles del divorcio y la noticia de Mora embarazada. La parte del vestido amarillo y el cuento de la hermana gemela, ni en pedo. ¿Para qué? Además Amparo me había garantizado discreción. "Yo laburo de esto, bombón", me había dicho antes de irse en la puerta de casa.

El tema era la cena con Mora; no había forma de suavizarla. Ella igual me iba a tener que explicar qué hacía el grandote metido en su casa.

—Por qué no caminamos un poco Fabi -le dije atajándola en la puerta. —¿Me acompañás hasta la ferretería?, tengo que comprar un triple.

—¿Un triple? -Fabiana se tentó y el ceño fruncido se le borró de golpe. —Ni en pedo. Hablemos. Vamos a sentarnos que tengo hambre.

El mozo que me había atendido antes apareció apenas nos sentamos en la misma mesa.

—Para mi un café, señor. Vos, ¿qué querés?

—Un licuado de banana y un tostado. ¿Qué? ¿qué pasa?

—¿Un licuado?

—¿Qué tiene? -a Fabiana le molestaban las mangas largas, se las arremangaba todo el tiempo.

—A mí me tienen a dieta, me dejan comer pan los fines de semana. Vos te clavás un licuado en el desayuno. Leche, bananas y azúcar, así, como si nada. Y encima, un tostado. Fabiana se levantó el buzo. Los abdominales se le marcaban sentada. Se golpeó la panza con la mano. —Genes, Molina -dijo y levantó las cejas.

—Qué suerte que viniste, ya estaba aburrido de no verte.

—Pero la puta madre, Martín. Te juro que hasta ahora venía controlando -se acomodó en la silla, otra vez se arremangó las mangas. —¡Este buzo de mierda! Venía con el discurso preparado. Todo estudiado tenía. Una lista de preguntas, la practicaba recién en el bondi. Te perdono, boludo. Ya está, volvamos. Estoy regalada, no me importa. Quiero que me llames todos los días, que seas pesado y que me hagas reír. Quiero volver a derretirme con tus cursilerías. Se estiró por arriba de la mesa y me dio un beso largo, lindo.

El licuado y el café ya estaban en la mesa cuando nos separamos.

—Necesito contarte cosas -le dije mientras el mozo volvía con el tostado y lo ponía en el medio; agarramos un pedazo cada uno.

—¿Te quedaste con hambre, pibe? Tres medialunas se comió antes de que llegaras.

—¿Usted que se mete?

—¡Ay, Martín! ¡Por favor! Te está haciendo un chiste.

—Es una broma, pibe. Relajate, mirá la novia linda que tenés.

—No es mi novia. Todavía no.

—¿Cómo que no?

—Te dije que necesito contarte cosas. Pasó de todo estas semanas.

—Bueno, dale. Empezá a contarme que ya me estoy poniendo nerviosa.

Se tomó el licuado rápido y el frío le hizo doler la cabeza. Apretó los ojos fuerte y levantó la mano para que esperara.

—Mora está embarazada de otro pibe -le dije sin dudar.

—¿Y eso qué tiene que ver con vos? -ahora Fabiana tomaba el licuado de a sorbos chiquitos.

—Dice Amparo que ella va a decir que es mío. Que me va a llamar en estos días para decirme eso.

—¿Amparo? ¿Quién carajo es Amparo?

Le conté que Amparo era Esperanza, que Tito la había contratado y todo lo demás que tenía pensado. Le dije también que ella estaba dispuesta a ayudarnos. Fabi no me miraba, se entretenía con el tostado cortándolo en pedazos que acumulaba en el plato.

—¿Y por qué va a decir que es tuyo?

—Porque estuvo en casa este sábado.

Sacó el manotazo tan rápido que ni lo vi. Me pegó en la cara con la mano abierta, una cachetada entre el ojo derecho y el pómulo que me nubló la vista por un momento. Me quedé quieto, mudo y con los ojos cerrados. Sentí el abrazo casi al mismo tiempo. —Perdoname -decía. —Perdoname, corazón. No te quise pegar tan fuerte.

—Ay pibe, qué mano te comiste -el mozo había vuelto a ver si necesitábamos algo más —¿Quieren que llame a la policía? -se reía, Fabiana estaba seria, a mí la cara me dolía un montón. —Mirá que los muchachos de la 45 vienen en dos minutos -se llevó mi taza vacía, los vasos y la jarra de plástico.

—Yo estaba solo, Fabi -le dije ni bien pude. —¿No querías que te dijera la verdad?

—Esa hija de mil puta ¿y ahora?

Empecé a contarle el plan que tenía. —Tenemos que esperar -le dije.

Se me quedó mirando, se mordía la boca por dentro.

—¿Cómo le vas decir que el pibe no es tuyo?

—Fabi, está embarazada de antes.

—Eso lo entiendo, no soy boluda. ¿Cómo hacés para decirle vos, que el pibe no es tuyo?

—Tengo una idea.

—Una idea. No alcanza con una idea.

—Vos quedate tranquila.

—Tranquila, claro -Fabi asintió con la cabeza, comió un pedazo más del tostado y se quedó mirando los coches que pasaban. Después se puso a llorar.

—¿Qué pasa? -le pregunté y le agarré la mano.

—Nada. No pasa nada. Bueno, sí pasa -se secó las lágrimas con la manga del buzo —¿Y si después volvés con ella para estar con tu hijo?

—Fabi. No es hijo mío y Mora lo sabe. No me lo puede endosar.

—Es mala, Martín. Puede. Vos sabés que puede.

—Vas a tener que confiar en mí. ¿Qué pasa? ¿Vos te querías casar conmigo?

—Más adelante.

—Ah, más adelante. Y decime una cosa. ¿Quién era el novio ese tuyo que abrazaste en la puerta de tu casa?

—¿Cuándo? ¿Qué decís?

—Ayer, a la mañana. Un pibe grandote rapado, con tu campera verde. Todo bien, vos también estabas sola.

Se empezó a reír, se reía mucho. Tanto que la gente empezó a mirar.

—Ese es mi primo Ricardito, se quedó en casa por el franco que le dieron en la colimba. Le presté la campera porque ayer estaba frío y no tenía nada.

—¿Seguro no querés que llame a la comisaría, pibe? -el mozo andaba dando vueltas por ahí, limpiaba la mesa de al lado con un trapo rejilla.

Le dije que no con la cabeza y saqué la billetera para pagar.

27.

Miércoles 16 de diciembre de 1987

María Isabel Perez Ayala y Alberto López Audet participan a usted del enlace de su hija Mora con el señor Martín Molina, y lo invitan a participar de la ceremonia religiosa que se llevará a cabo en la Parroquia San Martín de Tours, el sábado 19 de diciembre de 1987, a las 20:00 horas.
Los novios saludarán en el atrio.

Las participaciones llegaron el miércoles al mediodía; las dejó un tipo de saco y corbata y me hizo firmar un comprobante. Venían en una caja color natural. Pegada a la tapa y en un sobre, una nota con la letra de Mora.

—¡Qué sincera! -Fabiana despegó el sobre con cuidado, revoleó los ojos y me dio la nota para que la leyera. —Se ve que te adora.

"Llamame apenas las recibas. ¡Qué ilusión!". Pegado a su nombre había dibujado un corazón chiquito. Las invitaciones personales venían envueltas aparte, pero en la misma caja. Era todo a lo Mora. Cuidado, perfecto, lo más caro, lo mejor. El papel, los sobres, hasta la tipografía. No me daba la cabeza para entender cómo había hecho para organizar todo tan rápido. Yo todavía peleaba por la confirmación de la iglesia que le había prometido.

—Sencillito todo -decía Fede sacando los paquetes de la caja, le mostraba las tarjetas al Negro que asentía en silencio. —La fiesta es en la Rural. Como vos habías dicho, Molina. Seguro no baja de trescientas personas.

En menos de cuarenta y ocho horas nos habíamos dado cuenta que Tito hacía exactamente lo contrario de lo que yo le pedía a Mora. La propuesta del cementerio, la fiesta sin mucho lujo, no tenía segundas intenciones; yo me había quedado con la idea que Mora tenía a los veinte y pensé que eso podía servir para ilusionarla. Pero ahora Tito quería festejar a lo grande. Un nieto validado y el casamiento que yo le había servido en bandeja eran la excusa perfecta para invitar a medio Buenos Aires.

—Tanta gente no puede ser -Fabiana había dejado el café a un costado y contaba las invitaciones como quien cuenta fi-

guritas. —En este paquete tengo cincuenta. Son dos de estos, cien.

—Esas son las de nuestro lado. Mora sabe que yo tengo tres amigos y diez conocidos. Me mandó cien, ella tiene trescientas más. A vos seguro no te invita.

—Mucho mejor, un tema menos -decía El Negro y Fabi me sacaba la lengua. —Las iglesias son todas iguales.

A solo cuatro días, la bicicletería se había convertido en un centro de operaciones. Al plan original, ahora se sumaban los invitados que teníamos que conseguir.

—Tenemos que llevar treinta por lo menos. ¿Le avisaste a tu viejo?

—Me dijo que junta diez. Pero El Negro había dicho diez, doce. Yo creo que llegamos tranquilos con los pibes del club.

—¿Cuándo vamos al sastre? -Fabiana me alcanzaba las tarjetas chiquitas y yo las acomodaba en la caja para que no se estropearan.

—Hoy a la tarde.

Fede había encargado tres trajes azules idénticos. Los zapatos, las camisas blancas y las corbatas. Hasta el pañuelo que teníamos que usar en el bolsillo del saco era el mismo.

—El mismo uniforme para los tres. Te sale más barato y el sastre piensa menos. Como se usa en Italia. El novio, los amigos del novio y el padre van vestidos iguales.

—¿Hablaron con Lita? -El Negro ponía el mantel en el mostrador y repartía los platos para que los acomodáramos.

—Hoy a la noche, me tiene como loca ese tema -Fabiana ayudaba con los vasos, doblaba las servilletas de papel y repartía cubiertos.

—¿Qué dijo tu primo?

—Va con ustedes a la iglesia, dice que no tiene problema. Está de franco hasta el domingo a la tarde.

—Llamala a Morita, corazón, así no te reta. Mirá que ya pasó más de media hora -se rió con los demás y yo me fui al fondo con el teléfono.

—Bancame un segundo, gordo -Mora puso la mano en el auricular pero la conversación se escuchaba igual. —Avisale que yo ya salgo para allá. ¿A qué hora me pediste el remise? ¡No voy con el auto, mamá! No quiero hacer fuerza ¡Estoy embarazada! Llamalo ya, me hacés el favor. ¡Ya! No llego.

—Ay, sorry, gordo. Mamá no me pidió el auto y tengo que ir a la modista. Decime rápido que estoy a mil.

—Me pediste que te llamara.

—¿Te llegaron las invitaciones? ¿No son divinas? Andá a repartilas hoy, decile al inútil de Vaccaro que te ayude; se la pasa todo el día sentado tomando café. Mirá que queda muy cache invitar tarde y ya estamos super late. Decí que Maru me está ayudando con todo.

—¿Quién es Maru?

—Ay, Martín. Mi amiguísima Maru. La ex de Beltrán Pereyra ¿No te acordás? No te digo el apellido porque a su familia no les gusta que la gente sepa.

—¿Marina Etchegaray?

—Etchegaray Soler. No lo digas que ella es muy privada con eso. Pero sí, esa Maru. Me está ayudando con absolutamente todo. ¿Podés creer que nos consiguió el fotógrafo de Solanas? El que nos sacó esa foto blanco y negro espectacular.

—Una genia. Morita escuchame una cosa. ¿Viste que vos querías que pase hoy por tu casa? No puedo. Tengo que ir al sastre con Fede; llegaron los trajes y vamos juntos a probarnos.

—Sí, obvio. Qué divino tu primo Fede, como te ayuda. Súper buen gusto tiene además, hacele caso. No vayas solo, mirá que vos sos un desastre. ¿Pero ni un ratito podés venir?

—Es mala suerte ver a la novia antes de tiempo.

—Es que te extraño, boludo. Y te quería mostrar los souvenirs. ¿Sabés que se me ocurrió? No te digo, mejor que sean sorpresa. Te van a encantar.

—¿Qué pasó con el disc jockey?

—Dice Maru que ese es su regalo y que es una sorpresa para los dos. Qué divina ¿no? Para mí es el de la City y no me lo quiere decir. ¿Viste que ella es amiga de los dueños?

—Yo quiero hablar con él.

—Julio Iglesias, no. Es la única condición que te pongo.

—Dale, un tema nada más. "Amor, Amor. Amor", el que canta con las trillizas que a vos te gusta. Bailamos, tomás un montón y me hacés topless como el otro día -lo dije y me reí solo.

—¿Ves? Ya te volvió a salir el bicicletero de adentro.

—Ahora que vas a la modista preguntale si podés usar tanga negra con el vestido blanco.

—Basta Martín, acabala. Que está tu socio por ahí. ¿No le habrás contado no?

—¿Estás loca?

—Bueno, ¿me dejás sola, entonces? A este ritmo recién te voy a ver en la iglesia.

—Ahora que dijiste iglesia me acordé. ¿Qué pasó con los lentes de contacto que te iban a traer?

—Llegan el viernes por Aerolíneas. Me los trae mi amiga Eleonora que se fue a Miami.

—Andá, que llegás tarde. Te llamo mañana, no me esperes. Viste que esas cosas tardan y después seguro vamos a cenar. Pobre Fede, encima que me acompaña...

—Fijate. Si no podés, no hay problema. Te mando un besote. Love you, bye.

Corté y volví al local; los chicos ya estaban comiendo.

—¿Averiguaste algo más? -Fede me alcanzó la base para que pudiera dejar el teléfono.

—Los lentes de contacto llegan el viernes en un vuelo de Aerolíneas. Negro ¿vos la conocés a Eleonora la amiga de Mora?

El Negro levantó la mano porque tenía la boca llena. Pasaron cinco, diez segundos.

—Negro, dale.

—La conozco, una flaca rubia. A las ocho estoy ahí, es un vuelo solo. Voy con Pipi. Los lentes no le llegan, tranquilo.

28.

Sábado 19 de diciembre de 1987

"Cerrado por celebración familiar", decía el cartel que habíamos pegado al vidrio de la puerta. Fabiana agregó las fechas con un marcador grueso.

—Cuatro días de luna de miel, más dos por Navidad. Del diecinueve al veinticinco.

Fede y El Negro habían llegado temprano ese sábado, almorzamos en casa para ordenar los últimos detalles, Fabiana se fue ni bien terminamos; tenía que cambiarse y esperarnos en su casa.

Eran como las cuatro y estábamos sentados en los sillones del living esperando que pase la hora cuando llamó Mora.

—¿Podés creer que le robaron a Ele en la Richieri?

Como había atendido sin manos y la conversación se escuchaba, El Negro hacía que lloraba y Fede se reía. Le pregunté cuándo había sido para agregar al dramatismo.

—Ayer, apenas llegó ¡Qué país de mierda! Ahora me quedé sin los lentes de contacto -como siempre, hablaba sin parar. —Me voy a quedar con los anteojos puestos hasta último momento. Papá dice que me los guarda en el saco.

—A mí me vas a ver bien cuando llegues al altar.

—Bueno, más o menos. De cerca tampoco veo muy bien, vine fallada.

—Tengo alianzas nuevas, pedí que las lustraran para me veas -sentí que se reía apenas. Algo me dijo de las fotos, del video. Le pedí que tratara de no ponerse nerviosa. —Por el bebé.

Dejó de llorar, pero no paraba de quejarse.
—De lejos más o menos veo, de cerca peor, por suerte no tengo que leer nada. Pero quería ver bien las flores, las caras de mis amigas. Hoy a la mañana pensaba en mi abuela. Pobre, se lo perdió por una semana.

Como a eso de las siete, los tres vestidos iguales, nos sentamos en el banco de la vereda a fumar el último cigarrillo. Dejamos los coches en marcha estacionados en la esquina, el Alfa rojo recién lavado, el auto de El Negro, justo atrás.

El sol de la tarde empezaba a bajar sobre el fondo de la avenida y se escondía entre los edificios.

—Mora va a llegar como a las ocho y veinte -decía El Negro. —Salgan a saludar, dense una vuelta por los bancos. No quiero que ellos también tengan un primo grandote que no conozcamos y nos complique. Fede, vos después quedate con Molina en el cuartito hasta que tenga que salir, yo te guardo un lugar adelante de todo.

Nos abrazamos, parecía que íbamos a robar un banco.

Pasamos primero por lo de Fabiana, mi novia me tiró un beso y se sentó adelante en el auto de El Negro. Ricardo le abrió la puerta de atrás a su tía y Lita se arremangó el vestido para no tropezar. —Prendeme el aire querido -dijo ni bien subió.

Ya no había sol cuando paramos en el semáforo del Monumento a los Españoles y los edificios de Palermo se recortaban oscuros contra el cielo sin nubes. Un chiquito se acercó a venderme flores. Le dije que no con la cabeza, pero el olor de los jazmines de Mora se metió en el auto. —Ahora vayamos juntos, no te apures -gritó El Negro después de que Fabiana bajara su ventana. —Estacionamos en Figueroa Alcorta, justo en la esquina del colegio. Lo vas a ver al Pipi ahí, cuidando dos lugares. Yo las dejo a las chicas y pego la vuelta manzana, ustedes vayan yendo. Al pibe sentalo atrás de todo, pegado al pasillo. ¿Cómo se llamaba?

—Ricardo -le gritó el grandote desde el asiento de atrás.

Cuenta El Negro que Lita estaba más nerviosa que Fabiana, que caminaba en redondo esperando en el hall del Mater Dei, justo en frente de la parroquia. Que otra vez se quejaba del aire acondicionado y que se secaba el escote con unas toallas descartables que había encontrado en el baño.

Nosotros cumplimos con lo que Fede nos había pedido. Saludamos a todas las tías, a las amigas de Mora, nos aseguramos que ningún invitado de menos de treinta fuera tan grande como Ricardito.

—Che Fede -le dije cuando ya estábamos tranquilos, esperando que se pasara la hora. Nunca te pedí perdón por lo del otro día.

—Tranquilo, no pasa nada.

—Saco mi peor versión ¿viste? Es el miedo el que manda, no me deja pensar.

—Ya está Martín, olvidate.

—Para mi sos lo máximo, ¿sabías? Me la pasé toda la vida mirando para tu lado.

—¿Y ahora?

—Estoy acá por vos. Sos mi hermano.

Me dio un abrazo, me dijo gracias. —¿Estás listo?

Nos miramos juntos al espejo y por primera vez en mi vida me vi bien. Me puse el saco, Fede me ayudó con el pañuelo blanco. Se abrió la camisa y me dio la cruz de plata que tenía colgada. —Para que te cuide, te la regalo ¿Tenés el sobre?

—Casi me lo olvido, la puta madre. Mirá donde lo dejaba. Juntos releímos los papeles, otra vez doblé las hojas y me guardé el sobre en el saco.

El asistente volvió para avisar que Mora había llegado, que ya podíamos salir.

Las puertas dobles de la parroquia ya estaban abiertas, un Mercedes blanco, con la luz del habitáculo encendida, ya estaba parado justo en la puerta. Tito había bajado primero del lado de la calle, y apuraba el paso para ayudar a su hija en la vereda. Mora bajó con cuidado y una novicia de la parroquia la ayudó con la cola del vestido. Ya no tenía puestos los anteojos. Estaba seria, muda, radiante. Quizás era el embarazo el que le daba ese brillo distinto. Sentí lástima por un momento. Pero fue eso, un instante nada más.

Tito y Mora avanzaban despacio por la alfombra bordó, la iglesia reventaba de gente y el coro me puso la piel de gallina. A Mabel se le caían las lágrimas solas unos metros más allá de donde yo estaba parado. No quería ni mirarla, lo único que faltaba era que me pusiera a llorar por contagio. Busqué la cruz que Fede me había regalado y la apreté fuerte para pedir perdón por el engaño que estábamos montando.

Tito y Mora llegaron por fin a los escalones y los remontaron con cuidado. Fue en ese momento que me di cuenta que Amparo, otra vez disfrazada de Esperanza, era la que ayudaba a acomodar la cola del vestido sobre la alfombra. Se movía rápido de un lado para otro, dedicada y con mucho cuidado. Cuándo terminó su trabajo otra monja sentada en la primera fila le alcanzó un libro de cuero grande, como de escribano. Amparo subió los cuatro escalones sin ruido. Se paró a la izquierda de Mora y con el libro abierto, pero de espaldas a Tito y a Mabel, le ofreció una lapicera.

—Necesitamos tu firma para el sacramento -le

dijo en un susurro. Mora firmó al pie de un escrito no muy largo sin leer, no veía nada.

—Amén -dijo Amparo y nos pasó por detrás para repetir el procedimiento conmigo. Me guiñó el ojo cuando me dio la lapicera y yo dibujé un garabato en otra página, una que estaba en blanco.

El cura tosió entonces en el micrófono y Amparo desapareció por donde había venido repartiendo bendiciones. Vi que Mabel se paraba bien derecha y que Tito bajaba la vista para ocultar la emoción. Me acerqué a Mora para saludarla, la vi incómoda y creo que le dije que estaba linda, pero no estoy seguro.

El sermón arrancó monocorde, yo escuchaba frases hechas: el compromiso, la voluntad personal que nos llevaba hasta ahí, y todo lo que Dios estaba dispuesto a unir y yo no tenía que separar. Mi cabeza estaba en el plan, en lo que tenía que pasar. Mi única misión era escuchar tres palabras, tres palabras nada más.

"Pueden tomar asiento" dijo el cura por fin y el silencio reinó por un momento. Cuando sentí el retumbe de los bancos, metí la mano en el bolsillo interior del saco y saqué el sobre, se lo di a Mora en la mano, casi sacudiéndole el brazo para que me prestara atención. Sin dudar, encaré el pasillo del altar. Todos miraban y el murmullo empezó a volverse evidente. Desde mi lugar veía las puertas dobles cerradas, yo avanzaba igual, apuraba el paso. Salió Ricardito de un lado y el Pipi del otro y, como habíamos planeado, las puertas se abrieron libres. Entonces corrí, corrí hasta ganar la calle.

Cuenta Fede que El Negro se paró en la mitad del pasillo y que Mora rompió el sobre como pudo, que las manos le temblaban. Dice también que, levantando el vestido, se acercó hasta donde estaba Tito para pedirle sus anteojos y que los dos leyeron de a una las tres hojas, las copias de los documentos que les había dejado. Dicen que Mora leía y a la vez miraba cómo me alejaba por el pasillo. Tito no le sacaba la vista de encima a los papeles.

Juntos deben haber visto mi firma estampada en la declaración de divorcio que Mora nunca se había llevado, y juntos también deben haber leído el reporte de la vasectomía que llevaba mi nombre, la fecha y la dirección de casa. Anotado en lapicera, al pie del mismo papel, yo había escrito: Los espero afuera.

Ricardito lo atajó a Tito en la vereda con un abrazo. Mora llegó más retrasada, haciendo lo imposible para mover sus piernas adentro del vestido. Tito me buscaba entre la gente con el gesto desencajado, pero el pibe no lo dejaba mover. Fabiana se acercó y se quedó conmigo, pegada.

—Hola Tito, muchas felicidades.

Lita había cruzado también, pero yo no la había visto. Era alta con tacos, mucho más alta que su hija. El escote bronceado brillaba fuerte con la luz que salía de la iglesia.

—Encantada señora, le dijo a Mabel después. María Marta García, Lita me dicen todos. Soy la novia de su marido.

—Y yo soy la hija de Lita -le dijo Fabiana a Mora casi a los gritos, para que todos la escucharan. Se había puesto tacos también y un vestido de fiesta como su madre. —También soy la novia de Martín. Tito es como el padre que nunca tuve. ¿Te acordás cuando me decías que tu sueño era llevarme al altar? Morita, somos como hermanas.

Cuando Mora quiso decir algo llegó Amparo, lo abrazó a Tito y le rompió la boca de un beso. —Yo no soy la novia, pero su marido me explota desde hace rato. Morita me acaba de regalar el departamento donde vivo -levantó el libro de escribano en el aire para que Mora pudiera ver en donde había firmado. —¿No te contó papá, bombón, que vos sos la dueña de toda la plata que tiene? Vos, Fabiana y yo somos sus hijas. Las hijas que hoy el destino pudo juntar.

Quise decirle algo a Tito pero no pude. No sé qué pasó, no me animé. Cuando crucé la mirada con Mora, solo me encogí de hombros.

Los dejamos a los López Audet con sus miserias y nosotros, todos, caminamos sin hablar hasta la esquina donde habían quedado los autos. Amparo nos dijo "chau" con la mano y a mí me tiró un beso; paró un taxi con el libro de escribano bajo el brazo. El Negro y Fede nos saludaron también, Ricardito la esperó a su tía con la puerta abierta y Lita le dio un abrazo largo a su hija. Con Fabi nos metimos en el Alfa; lo puse en marcha para que arrancara el aire.

—¿Vasectomía? La verdad no me lo esperaba -Fabi se reía, me dio un beso, dos, tres. —Es lindo este auto -dijo y prendió la radio.

—Lo volví a usar por vos.

—¿Sabés que sos lo más cursi que hay?

—De verdad te lo digo. Fuimos con mi viejo a buscarlo a lo de Mazzitelli en el '81, ahí cerca de la estación Floresta. Fue uno de los primeros que llegaron, recién se había vuelto a abrir la importación. Le estoy viendo la cara, te juro. Parecía un nene. Lo usó nada, un año y medio a lo sumo. Me sacaste el miedo, no lo quería ni tocar.

—Te traje un regalo.

Sacó de la cartera el pañuelo negro del primer día y lo ató alrededor de la palanca de cambios.

—Para que te acuerdes quién se sienta de este lado y no subas ninguna monjita al auto.

—Tenés dos meses para revertirla.

—¿Qué cosa?

—La vasectomía.

—¡Ah! Se puede revertir en cualquier momento. ¿Qué pasa? ¿Vos querías tener hijos conmigo?

—Embarazada y soltera, ni en pedo.

—Tengo justo unas alianzas acá en el bolsillo. Qué cagada, son de plata. Mora dice que las cosas de plata le dan urticaria y que el anillo de compromiso es lo más cache que hay. ¿Vos qué decís?

—Dame ¿A ver? Ponete la tuya, tomá. La verdad que mucho no te esmeraste.

—Con los años se gastan.

—Me la dejo entonces. ¿Cómo es tu nombre, corazón?

—Martín, Martín Molina.

—Encantada, Fabiana.

—¿No tenés apellido, Fabiana? Mora dice que hay que presentarse con el apellido.

—Mora tiene razón. Fabiana Maggiorani, la groncha que se coge al bicicletero.

Este libro se terminó de imprimir
en la primavera de 2025.

Made in United States
North Haven, CT
10 November 2026

22082118R00122